おれは一万石

訣別の旗幟

千野隆司

双葉文庫

目次

前章 難題 9
第一章 慰留 26
第二章 崩落 76
第三章 門扉 125
第四章 若党 172
第五章 泥濘 223

那珂湊

高浜

秋津河岸

霞ヶ浦

北浦

鹿島灘

利根川

小浮村

高岡藩

高岡藩陣屋

銚子

東金

↑白沢・柳林・阿久津河岸へ
久保田河岸
▲筑波山
下妻藩
鯉川
小貝川
関宿
鬼怒川
牛久
春日部
野田
取手
柏
流山
三郷
木颪
川口
松戸
白井
江戸川
鎌ヶ谷
隅田川
江戸城
行徳
日本橋行徳
新川
小名木川

おもな登場人物

井上正紀……美濃今尾藩竹腰家の次男。高岡藩井上家世子。
竹腰勝起……正紀の実父。美濃今尾藩の前藩主。
竹腰睦群……美濃今尾藩藩主。正紀の実兄。
山野辺蔵之助……高積見廻り与力で正紀の親友。
植村仁助……正紀の供侍。今尾藩から高岡藩に移籍。
井上正国……高岡藩藩主。勝起の弟。奏者番。
京……正国の娘。正紀の妻。
佐名木源三郎……高岡藩江戸家老。
濱口屋幸右衛門……深川伊勢崎町の老舗船問屋の主人。
桜井屋長兵衛……下総行徳に本店を持つ地廻り塩問屋の隠居。
井尻又十郎……高岡藩勘定頭。
青山太平……高岡藩徒士頭。
松平信明……吉田藩藩主。老中。老中首座定信の懐刀。
広瀬清四郎……吉田藩士。信明の密命を受けて働く。

おれは一万石
訣別の旗幟

前章　難題

一

江戸城中奥にある御座の間は、将軍が謁見を申し付けたり役儀を申し渡したりする部屋で、ご公儀の政の中心となる場といってよかった。将軍が着座する上段の間、そして老中以下が並ぶ下段の間、二の間、三の間、大溜、御納戸構の六室からなり、柱はすべて八寸（約二十四センチ）の檜の芯去材でできていた。

壁には艶やかな春の花鳥画が描かれている。初御目見でこの部屋へ入る大名や旗本の子弟は、その壮麗さに息を呑む。

将軍家斉に呼ばれた松平信明は、老中首座の松平定信に続いて、御座の間脇の廊下を通った。寛政元年（一七八九）二月中旬のことである。庭では、今が盛りと紅や白の梅が花を咲かせていた。つんとしたにおいが、鼻をかすめる。晴天の空からは、メジロの囀りが聞こえてきた。

二人はさらに、萩の廊下を歩いて将軍の御休息の間へ向かう。ここは将軍がくつろぐ私室で、通常は御側用人と御小姓しか入れない。

お召を受けた老中二人は、下段の間に入って着座した。障子が開かれていて、築山や古木のある庭園がよく見えた。

定信は廊下を歩いている間も腰を下ろしても、一言も話しかけてこない。正面に目をやって、神妙な面持ちでいる。良い話で呼ばれたのではないと分かっているが、心の乱れはまったく窺わせない。わずかに下がって腰を下ろす信明から見える横顔は、無表情に見える。

何を考えているのかと問いかけたいことが折々あるが、言いたくなければ無視をされるのが常だ。だから向こうから示される言葉と態度で、胸の奥にある本音を探った。

やや待たされたところで、衣擦れの音が聞こえた。定信と信明は、そこで平伏をした。

「面を上げよ」

声がかかって、二人は体を起こした。若い、はつらつとした声だ。家斉は十五歳で十一代目の将軍職に就いて、二年が経つ。利かん気の強そうな眼差しが、向けられてきていた。

「すっかり暖かくなった。梅が見事じゃ」

「まことに」

定信が答える。信明は無言のまま頭を下げた。家斉が話しかけるのは定信に対してだ。信明は、介添えといった役割だと感じている。

庭の梅にメジロが蜜を吸いに来た話をしてから、家斉は本題に入った。

「光格天皇よりの、お申し越しの件だが」

「ははっ」

定信は畏れ入った様子で返したが、それ以上は口にしない。この件で呼ばれたのだろうとは、定信も信明も予想がついていた。家斉が最も関心を持っていることだと分かるからだ。

「お申し越しの件は、聞けばもっとものことと思われる。光格天皇は、後桃園天皇が崩御なされた折に、皇子がなかったために養子となってご即位をなされた。お父上は閑院宮典仁親王である」

「さようで」

「しかし典仁親王は、禁中 並 公家諸法度の定めにより摂関家よりも下となる。天皇の父が、臣下である摂関家を目上としなければならぬこととなった。光格天皇は、これを憂慮なされた。まことに孝子であらせられる。当然のことと言えよう」

家斉はそこで一息ついた。

「ははっ」

定信は家斉の言葉を否定はしないが、受け入れる言い方もしなかった。伝えてきたことは、分かっているはずだ。初めてする話題でもなかった。むしろまたかという気持ちさえあるのだろうが、顔には出さない。

光格天皇は、実父である親王が大臣よりも下座に着かねばならないことを不服として、太上天皇（上皇）の尊号を贈ろうとした。しかし禁中並公家諸法度がある限り、幕府の同意がなければ認められない。朝廷は昨年、内意としてこの件を諮ってきた。

定信は評議の席で、皇位に就いたことのない親王を太上天皇とすることは、名分を乱すと反対をした。閣老の総意として反対の方針を示したが、思いがけない天皇の味方が現れた。それが将軍家斉だった。

閣老の間では尊号一件として、厄介な問題になっていた。

「尊号を、認めてもよいのではないか。先例はあるぞ」

わずかだが、定信の機嫌を取る言い方になっている。家斉にしては珍しい言い方だが、願いを叶えたいという気持ちがそこに潜んでいる。

定信は表情を変えずに応じた。

「それは南北朝の折の、乱れた時期の話でございます」

家斉の思惑を知りながら、さらりとかわしたのである。

「先例は先例ではないか」

不満げな口調になった。あっさりとかわされたのが気に入らないのだ。他の家臣（かしん）ならばそれで畏（おそ）れ入るが、定信はそうはならない。

定信は自分が将軍吉宗（よしむね）の孫で、場合によっては将軍になれたかもしれないという気持ちがどこかにあって、家斉の家臣になり切っていないところがあると信明は感じていた。

「畏れながら禁中並公家諸法度は、神君家康（いえやす）公が定めた祖法でございまする」

家康の名を出したところで、定信は恭（うやうや）しく頭を下げた。朝廷に尊号を認めることは、徳川（とくがわ）将軍家そのものの威厳を傷つけるものだと伝えたのである。

「…………」

家斉は、定信に憎悪の目を向けた。家康の名を出されて、要望をぴしゃりと撥ね除けられたのである。今の将軍であろうと、こうなると切り返せない。容赦なく要望を断たれるなど、まったくないといってよい将軍である。

この様子を間近で見ている信明は、苦々しい思いを呑み込んだ。断るにしても、定信はもう少し言葉を選ぶべきではなかったかと考えたのである。家康公の名を出されては、ぐうの音も出まい。

一刀両断にやられて、若い家斉は怒鳴りつけることもできない。ここでは黙って引き下がるしかなくなった。

その分の怒りは、大きいはずだった。利かん気の強い家斉は、思い通りにならないと根に持つ質だった。扱いは難しい。

理路整然として正論を通す定信は怜悧な能吏だが、融通が利かない。相手の気持ちと行動を慮れないという欠点を持っていた。政策に共感を持つ部分はあるが、実行に移すやり方については、相容れないものがあった。

信明は、気づかれないように胸にある息を吐き出した。

家斉が尊号にこだわるのには、理由があった。背景には、家斉が将軍の座に就くに至った事情が絡んでくる。光格天皇を孝子だと口にしたが、そのために尊号を認めよとしているのではなかった。

家斉は御三卿の一つ一橋家の出で、前将軍家治の実子ではなく養子だった。実父は一橋治済である。若い将軍を支えてきた人物だ。家斉はその治済に将軍の父である大御所の尊号を与えたいという気持ちを大奥の老女や一部の旗本などに漏らしていた。それは定信や信明の耳にも入っている。

治済は御三卿の当主というだけでなく、将軍の実父ということで、幕閣に対しても大きな力を持っていた。しかし将軍職に就いたことはない。光格天皇の事例と、同じといってよかった。

朝廷の申し出を断りながら、幕府が大御所の尊号を治済に与えるわけにはいかない。また定信にしても、これ以上治済に力を持たせることは、幕政を担う者としては邪魔になる。治済は今でも、政に対して口出しが多かった。

定信が朝廷の申し出を断るのには、そういう事情も絡んでいた。

「そうか」

家斉は渋面を崩さず立ち上がった。足音を立てて、御休息の間から出ていった。思いが通らなかったことと、言い負かされたことに不満や怒りがあるからだ。

「よろしゅうございますか」

後ろ姿が見えなくなったところで、信明は問いかけた。

「上様も、道理はお分かりのはずでござる。ならばそれでよろしかろう」

動じる様子もなく、定信は答えた。正論を述べたに過ぎない。政道にまやかしや曇りはないと信じているから揺るがない。

「しかし……、それだけでは事は収まらない」

信明は胸の内で呟いた。家斉は、この程度のことではあきらめない。御三家あたりを動かす可能性もあった。

定信は正論の前では、誰もが屈すると考えている。しかしそれはあり得ない。一つの施策を決めたとき、関わる者がどう考えるか。それを慮らなければ、敵を作る。実行が難しくなる。

しかし信明は、それを口にはしなかった。言っても定信は、正義を盾に譲らないことが分かっているからだ。

二

米俵を満載にした荷車が、何台も広い蔵前通りを行き来していた。侍の姿も少なくない。武家の女の姿も目に付いた。これらを目当てにした、饅頭や甘酒などの屋台店も出ている。

札差の店の前で談笑する直参とおぼしい侍たちの姿もあった。

二月は、知行地を持たない旗本や御家人が、禄米を得る切米のある月だった。蔵米取りの直参は、給料支給日ともいえるこの日が来るのを首を長くして待っていた。

井上正紀と家臣の植村仁助は、この蔵前通りにやって来た。切米のあった、翌日のことである。

「懐が豊かだと、さすがに歩く者の顔が、いつもと違いますな」

「うむ。当家の者たちも、常にこのような穏やかな顔で過ごせるようにしたいものだ」

植村の言葉に、正紀は返した。正紀は下総高岡藩一万石井上家の世子という身分にある。植村は若殿付きの藩士だ。

「高岡藩では藩士への禄は、知行地を持つ者は何石で表し、実物の米で受ける者は蔵米取りと呼ばれ禄何俵と言いますが、直参も同じですね。藩の者も、支給の日を楽しみにしておりまする」

「そうであろうな」

植村は禄三十五俵の蔵米取りだ。

江戸の御米蔵に納められている幕府の米も、直参や札差は蔵米と呼ぶ。直参の給与である切米は、その蔵米の中から支給された。切米を受け取る直参の気持ちが、分かるらしかった。

高岡藩の藩財政は厳しいから、禄米から二割の借り上げを行っている。事実上返すことのない減俸だ。たとえ二割減らされても、藩士にとって切米は命の綱と言ってよかった。

直参の切米は、二月の他には五月と十月にしかない。さぞかし賑やかだろうと、その様子を見に屋敷を出てきたのである。高岡藩の国許（くにもと）で行われる切米の様子については、まだ正紀はその様子を目にしたことはなかった。

「昨日は、これよりもさらに賑やかであったに違いない」

正紀には世子としての公務があるから、昨日は出られなかった。

「しかし、あまり嬉しそうでもない者がいますよ」

植村が、腑に落ちない顔で言った。告げられてみると、確かに浮かない顔をしている者がたまにいる。

「腹でも痛いのではないか」

と冗談半分に返してはみたが、植村が口にしたことは間違っていないと感じた。札差の店の前には、何人かの侍がたむろしている。愉快そうに話す者がほとんどだが、そうではない者もいる。

札差は支給される切米を、直参に代わって受領して換金することを業となす者である。

直参は禄として得た米を、すべて食べるわけではない。自家消費分を残して金に換え、それを日々の暮らしにあてた。札差はその手数料を取ることを生業とした。直参にとって札差は、身近な商人となる。

「当家で行っている二割の借り上げを、早くなくしたいぞ」

これは正紀が常々考えていることだった。

「ぜひ、そうしていただきたいものでございます」

植村は相手が世子であっても、正紀と二人だけのときは遠慮のないことを口にする。

正紀は三年前の天明六年（一七八六）に、高岡藩主井上正国の娘京と祝言を挙げ、井上家の者となった。生まれは美濃国今尾藩三万石竹腰家である。当主勝起の次男として生まれた。一歳上に兄の睦群がいるので、家督を継ぐことはできなかった。

実家の竹腰家は、尾張徳川家の付家老の家柄である。睦群はその役目に就いていた。

実父の勝起は、尾張徳川家八代当主宗勝の八男である。したがって現当主の宗睦は、正紀の伯父となる。そして義父となった正国は宗勝の十男だった。正国も高岡藩井上家の婿に入った。正紀は叔父が当主の井上家の婿になったのである。

一万石の小藩とはいえ、井上家には尾張徳川家から二代にわたって婿が入った。もともとは尾張徳川家とは縁のない家柄だったが、今は深いかかわりを持つようになった。将軍家や幕閣などだけでなく、下々の者まで高岡藩井上家は、尾張徳川家の一門と考えるようになった。

こうなると威勢がいいようだが、高岡藩の実態は厳しい。二割の借り上げを止めたいところだが、それをしては藩財政が回らない。これまでにたまった借金の返済がある。

正紀は利根川沿いにある高岡の地勢を生かして、高岡河岸を河岸場として活用することを考えた。納屋を建て、利根川水運の中継所として船問屋や荷主への働きかけをしている。しかしそれは、まだ端緒についたばかりだった。

「甘酒でも飲むか」

「はい。結構ですな」

正紀のおごりだと思うから、植村は遠慮をしない。屋台の親仁に、注文をした。二月になって暖かくなったとはいっても、風があればまだ冷たく感じる。湯気の立つ熱い甘酒は美味かった。

「どうだ。切米があって、昨日今日は繁盛しておろう」

「いや、それほどでもありません。皆さん財布の紐は固いですね」

正紀の問いかけに、屋台の親仁は渋い顔になって言った。天明の凶作や飢饉は去ったが、物の値は上がったままだ。禄米だけが頼りの武家の暮らしは、容易くは好転しない。

甘酒を飲み終えて、湯飲みを返そうとしていると、羽織袴姿の中年の侍に声をかけられた。

「これは正紀様」

侍は目の前にある、大口屋という札差から出てきたところだった。高岡藩江戸家老佐名木源三郎の弟、辻井源四郎だった。

「大口屋は、辻井家の蔵宿（札差）であったか」

「はあ」

辻井は、どこか面目なさそうな様子で頷いた。辻井家は家禄四百俵の旗本である。源四郎は佐名木家の四男に生まれたが、縁あって辻井家に婿に入った。佐名木家は上の二人の男児が早世して、源三郎が家督を継いだ。

今でも高岡藩上屋敷には、折に触れて顔を出す。御表御祐筆組頭を務めていた。兄とは、面差しが似ている。

「切米の代を受け取ったのだな」

供の中間を連れてはいたが、用人の姿はなかった。当主直々に、札差に顔を出したことになる。

「いや。それは昨日、済ましましてございます」

佐名木の弟だから、四十代半ばの歳になる。親子ほども歳の差はあるが、辻井はいまでも家臣のような態度をとる。

「では、何用か」

腑に落ちないので聞いてみた。

「いやそれが」

躊躇いを見せた。言いたくないならば、無理に問い質すつもりはなかった。話題を変えようとしたところで、辻井は口を開いた。

「恥ずかしながら、事情がありましてな」

金を借りにきたと続けた。

「ほう」

札差が出入りの直参に金を貸すのは、珍しいことではない。むしろ中心になる商いと言ってよかった。

もともとは禄米の代理受領と換金が本業だったが、今は商いの手を広げていた。禄米だけでは暮らせなくなった直参は、次年度以降の禄米を担保にして、利息の付いた金を借りるようになった。禄米は直参の身分を失わない限り必ず支給されるから、それを担保にすれば取りはぐれがない。

そこで札差と直参の間で、利息付きの金の貸し借りが始まった。しかし借りる直参の側は、禄高が上がらない限り、さらにその先の年の禄米を担保に金を借りるようになった。借金は返せないまま、その額を上げていった。

辻井家は四百俵の旗本家である。楽とはいえないにしても、札差から借りるほどではないと考えていた。しかも切米の翌日である。通常ならば、換金して手に入れた金子で返済して、それで貸借はなくなるという段取りになるのではないか。

「何か、思いがけぬ物入りでもあったのか」

「ま、まあ」

言葉を濁した。言いたくないらしい。気にはなったが、佐名木の弟ではあっても、今は高岡藩の者ではなく直参の旗本だ。根掘り葉掘り問い質すことはできない。

ただ初めて見たときに、どことなく面目なさそうな表情をした理由が分かった。蔵前通りにいる他の直参たちにしても、さえない表情の者がいた。切米の翌日に金を借りなくてはならないほど追い詰められている者が、それなりにいるのだと推察できた。

「高岡河岸が、徐々に役立ってきたと聞いております。正紀様の御手腕でございましょう」

辻井が話題を変えた。

「いやいや、そなたの兄に助けられておる」

「正国様が奏者番(そうじゃばん)のお役に就かれて、ご尽力なさっていることは城内でも評判になっています」

「おお、それは何よりだ」

そういう話を聞くのは、嬉しい。

「さらに重いお役に就かれるのではないでしょうか。さすれば」

禄高も上がるのではないかと言っていた。辻井はそのまま続けた。

「松平信明様は奏者番を務められた後、わずか二か月の間側用人を務められただけで老中にご昇進なされました。正国様も同じ道を歩まれるのではないでしょうか」

「どうであろうか」

「間違いありませぬ。正国様には尾張徳川家がついております」

「なるほど」

辻井は、世辞を口にしたのではない。多くの者が感じていることを口にしたのだと、正紀は思った。

「いや、長話をいたしました」

一礼をした辻井は、それで立ち去っていった。

第一章　慰留

一

朝の風は、まだやや冷たい。しかし震えるほどの寒さはなくなった。メジロが空で鳴き声を上げていた。

正紀は、高岡藩上屋敷の奥にある仏間へ足を運んだ。毎朝ここでは、当主の正国と正室の和、それに妻女の京の四人で、読経を行う。井上家の祖先を敬い、御家の安寧と隆盛を願うのである。

今はさらに、正国が無事に奏者番の大役を遂行できることも願う。

奏者番の役に就いたのは昨年の三月で、そろそろ一年になる。慣れない初めの頃は、下城して苛立つふうを見せることもあった。けれども今は、自信ありげに登城してゆく。問題はあるにしても、着実に役目を果たしている様子だった。

屋敷では無茶な発言はしない。藩政については、正紀と佐名木の言葉に耳を傾ける。公儀の役目には有能だが、藩政では「よきにはからえ」が多い。尾張徳川家の出だからか奢侈(しゃし)な一面があるが、そこは正紀と佐名木が引き締めた。繰り返し藩財政の厳しさを伝えてきた。

出費は、控え目になった。

「よい軸物が参りましたぞ。狩野(かのう)派の真作じゃ」

信州(しんしゅう)の大名家から新たな進物があって、和は喜んでいる。正国が奏者番の役に就いてから、進物が増えた。その中には軸物の絵が交っていることもあって、これは和の手に渡った。

和は自分でも絵筆を握るが、狩野派の絵の蒐集(しゅうしゅう)を喜びとしている。真贋を見分ける目は、養われていた。

読経に集まった正国や正紀に絵を広げて見せた。和はうっとりとして見詰めるが、正紀には絵の良し悪しは分からない。

「奏者番は、長く続けてほしいものです」

と和は正国に笑顔を向けて言った。正国は困った表情で見詰め返したが、何かを言うわけではなかった。

読経の後、正紀は京の部屋で、生まれて三月になる孝姫を囲んで少しばかりときを過ごす。すくすくと育っている。もはや赤猿ではない、母に似た色白で愛らしい顔になってきた。背丈も日ごとに、伸びている。

京と二人で、赤子の顔を覗き込む一時が楽しかった。

それから京は、掛け軸の進物について思っていたらしいことを口にした。

「母上様が喜ぶのは結構ですが、殿様のご栄達に頼ってはいけません」

相変わらず、姉が弟を諭すような口ぶりだった。

「言われなくても、分かっている」

と告げたいところだが、それを口にしては後が面倒なので、正紀は黙って聞いた。

「高岡河岸を賑やかにして、藩の実入りを増やしなさいまし」

「まあ、そうだな」

「藩の者の暮らしは、かつがつでございます」

と尻を叩かれた。祝言を挙げたばかりの頃は、和とほぼ同じで、藩財政に気持ちを向けることはなかった。欲しいものは、容赦なく求めた。しかし正紀が高岡河岸を活かそうと、塩や醤油などの輸送に力を入れる姿を目にして、次第に様子が変わってきた。

今は藩士の暮らしにも気持ちを向けるようになった。

高岡河岸には、三棟の納屋がある。これができたおかげで、農民たちにも荷運びなどの仕事ができて、日銭が得られるようになった。さらに余禄を得させたいと、正紀は考えている。


昼下がりになって、三河吉田藩士の広瀬清四郎が、正紀に面会を求めてきた。藩主は老中の松平信明で、その懐刀といわれている人物だ。

囲米にまつわる悪巧みがあったとき、解決に力を出し合った。信明と正紀は政に対する考え方が異なるから、相容れることは少なかった。しかし互いに、私腹を肥やそうとはしていない。広瀬は信明のためならば命を捨てられる者だが、正紀に理ありとしたときには力を貸した。正紀も同様だ。

広瀬には連れがあるという。広瀬が伴ってきたのならば、併せて会うことに不満はなかった。旗本で園枝仁之丞なる者だという。

佐名木は大名だけでなく、主だった旗本家についても調べを入れて記録に残していた。園枝は家禄五百五十石で、勘定吟味役を務めている。白河藩の分家だとは会う前に分かった。定信の縁者だから、信明は広瀬を通して紹介させようとしたのだと察した。

「お初にお目にかかりまする」

広瀬が名と公儀での役目を伝えると、園枝は自ら口を開いた。三十代半ばの歳で、切れ者といった印象があった。窪んだ眼窩の底に、油断のない目が光っている。生気に溢れていて、どこかに傲慢さも感じた。

半面広瀬は、いつもと微妙に気配が違った。どこか覇気がない。自分の用件というよりも、園枝を紹介することが目的の来訪らしかった。居心地が悪そうだ。

「ご世子様が進められる高岡河岸の運用は、実に見事なものと存じます。河岸は見違えたように人の動きが増えたとか。まさしく慧眼と申し上げる他はありませぬ」

「いやいや」

手放しで褒めるといった話しぶりだった。

「正国様の奏者番としてのお務めぶりも、実に鮮やかだと旗本衆の間で評判になっておりまする。井上家はますますのご発展、お慶び申し上げます」

聞いていると、くすぐったくなるような言葉ばかりだ。何か下心があるのではないかと勘繰りたくなった。園枝はさらに、正国が大坂定番だったときの差配ぶりについても褒め立てた。

広瀬は同席していても、言葉を発しない。背筋を伸ばして襖（ふすま）の一点を見詰めたまだ。園枝の言葉に頷きもしなかった。自分は紹介をしたが、関わりはないといった態度だった。

そして園枝は、己の勘定吟味役の多忙さを述べてから、いよいよ話の本題に入ってきた。

「漏れ聞くところによりますと、正国様におかれましては、奏者番のお役目を退きたいというお考えがあるとか。それが事実なれば、まことに惜しいことでございまする」

思いがけない言葉で、正紀は目を瞠（みは）った。初めて耳にする話だった。

「どこでそのような話を」

そんな事態があるわけはないと思うから、気色ばんだ物言いになった。自分が知らされていない我が家の秘事を、他人から聞かされたのだ。

奏者番の役目に頼ってはいけないと京は言った。それに間違いはないが、正国の奏者番就任は高岡藩の今後に希望を与えてきていた。

落ち度もないのに、正国から辞めるなどあり得ない。

すると園枝は、案じ顔になって小声で告げた。

「お体の具合が、よろしくないようで」

「何と。病だと」

笑ってしまいそうになった。正国はぴんぴんしている。

「どこからそんな戯言（たわごと）を」

「いや。そういう噂（うわさ）でございまして」

園枝は胡麻化（ごまか）した。しかしこの話をするために、訪ねてきたのは明らかだ。噂だけでは、動かないだろう。

「お体に、お変わりがないのならば何よりなのでございますが」

と言って、やや思案（しあん）するふうを見せてから続けた。

「正国様には、何があっても奏者番を続けていただけますよう、ご世子様よりお話しいただきたく存じます」

真剣な口ぶりなので正紀は驚いた。

奏者番のお役目を辞すというのは、正国だけの問題ではなく、高岡藩にとっても捨て置けない大事である。しかし正紀や佐名木でさえも、耳にしていなかった。

「その必要はなかろう。あり得ぬ話だ」

正紀は軽い気持ちで返した。

「いえ、ぜひにも」

園枝はしぶとかった。それでかえって、正紀は疑念を持った。

「病による辞任については、何か聞き及びか」

広瀬に問いかけた。

「それがしは、存じ上げぬこと」

あっさりと返した。ただ園枝が改めて正国に奏者番を続けてほしいと口にしたので、正紀は頷いてみせた。

「分かり申した」

正国に直に訊けば手っ取り早いのだが、まだ下城をしていなかった。会談を終え広瀬と園枝は引き上げていった。

腑に落ちない訪問だった。

正紀はこの件を佐名木に話した。

「おかしな話でございますな」

聞いた佐名木も、首を傾げた。しかし火のないところに、煙は立たない。

「園枝家は、白河藩の分家ですな。だとすれば、定信様あたりから聞いたと考えられますぞ」

「となると、あながちないとはいえぬ話になりそうだが」

にわかには信じがたい。ただ広瀬が紹介をしてきたのだから、信明も絡んでいることになる。不安な気持ちが残った。

二

正紀は園枝が訪ねてきた一件を、京にも伝えた。聞いた京も、首を傾げた。

「よりによってお役目辞退の理由が、病というのが腑に落ちませぬ。誰の目にもお元気そうに見えまする」

食欲がないなども聞かないと付け加えた。

「うむ。辞める理由ならば、もう少しましなものがありそうだな」

正国の様子を知る者には、首を捻るような話だ。

「それにしてもなぜ、園枝さまがお見えになったのでしょうか」

京はそこも気になったらしい。正紀とは縁もゆかりもない。なにゆえ広瀬を介してわざわざ訪ねてきたのか。

「白河藩の分家だからな。定信様に頼まれたのではないか。もちろんお役目の辞退が事実で、慰留をしたい場合だが」

「そうかもしれませぬが」

わずかに考えを整理するふうを見せてから続けた。

「定信さまに、本当にお役目の辞退を止めたいお気持ちがあるならば、直にお話しになればよろしいのではないでしょうか」

「それはそうだ。おれに頼むのは、回りくどい」

「はい。信明さまにしても、同じではございませぬか」

「うむ」

その通りだ。何かわけがあるに違いない。

正国に訊けば早そうだが、事実ならばあえて隠していることになる。家中の誰にも伝えないとなると、よほどの秘事といってよさそうだ。

「少し、事情を調べてみよう。正国様に問うのは、それからでもよさそうだ」

「それがよいかもしれませぬ」

佐名木にも伝えた。反対はしなかった。

主だった旗本家については、それなりの調べを入れていた佐名木だが、園枝仁之丞についで知りうることは正紀に伝えた程度で、詳細が分かっていなかった。勘定吟味役は要職だが、定信が老中職になってから就任した。それまでは評定所留役を務めていた。

本家の定信の引きで、日の当たる勘定吟味役に就いたというところまでしか分からない。

そこで佐名木は、弟の辻井源四郎を下谷広小路の高岡藩上屋敷へ呼んだ。正紀もこれに同席した。

「いや、先日はお見苦しいところをお見せいたしました」

正紀の顔を見ると、辻井は照れくさそうな顔で言った。佐名木の執務部屋には、三人しかいない。

札差大口屋の前で会ったことは、佐名木にも話していた。辻井は近く娘を嫁に出す。これまでの借財もあって、物入りな時期だと正紀は聞いていた。

娘の嫁入りはめでたいが、頭の痛いこともある。家禄四百俵の旗本の家では、それなりの支度をしなくてはならない。

格式を重んじなくてはならないのが、武家の社会だ。手を抜けば、娘は肩身の狭い思いをする。

「いやいや、どこも同じだ」

高岡藩もつい先日に、借金の返済について話し合いをしたばかりだ。元金を減らしたいが、なかなか難しい。利息を払うのがやっとだ。

借金の話をすると暗くなるので、早速、園枝について問いかけた。

「そうですな。これまでは目立たぬお役目でしたが、今は水を得た魚といったところで」

「張り切っているわけだな」

「後押しをした定信様の、意に沿いたいとの思いがあると存じます」

「うまくやって、さらなる栄達を目指しているのでしょう」

佐名木が、付け足すように言った。

「まあ、その気持ちは大きいでしょう。定信様には、目を掛けられておりますゆえ」

辻井は、御表御祐筆組頭の役に就いていて営中(えいちゅう)の書記を務めている。したがって、城内の人脈については詳しい。屋敷では娘に甘く、金策に窮しているが、城内では能吏として知られていた。

「園枝殿は、定信様が進める新たな施策について、尽力をしておいでです」

「どのような施策か」

定信は老中就任以来、米価を安定させるために、廻米などの施策を行ってきた。しかしそれは、必ずしもうまくいってはいなかった。

「それが、極秘です」

営中の書記を掌るとはいっても、御表御祐筆は機密に関することには関わらない。機密のことに関わるのは御奥御祐筆で、表の方が軽い役とされていた。

ただ施策に関わる人員については、分かっていた。勘定奉行の久世広民と柳生久通、南町奉行山村良旺、北町奉行初鹿野信興、町年寄樽屋与左衛門などの名を、辻井は挙げた。

「その中に、園枝仁之丞も入っております。定信様が、追加でお加えになりました」

「なかなかの顔ぶれを揃えているな」

辻井の話を聞いて、佐名木が漏らした。

「一月には、元号が天明から寛政に変わった。これを機に定信様は、大きな施策をお考えなのであろうか」

「そうだと存じます」

「米価も高止まりのままで、幕臣の暮らしも苦しいままだ。定信様が老中になったからといって、状況が良くなったとは誰も感じていない。田沼意次様を懐かしむ声さえ、聞こえてきますからな」

「何とか、実効性のある施策をしたいわけだな」

佐名木の言葉に、正紀は応じた。そして思いついた。

「すると我が殿も、奏者番として関わっているのであろうな」

幕閣の一人だから、耳に入っていても不思議ではない。

「大事にまつわるゆえに、我らにも話さなかったのでござろうか」

「それはあり得ますな」

佐名木の疑問に、辻井が答えた。

そこで正紀は、正国の動きについて考えてみた。城内のことは分からないが、年が明けてから、藩邸への訪問者は増えていた。

「殿と二人で話をする客は、それなりにあったぞ。しかし定信様の施策に関わりそうなご仁は、なかったように思うが」

「いや、一人ござった」

正紀の言葉に、佐名木が返した。

「二月になってすぐに、水戸徳川家の若年寄大森典膳殿が見えました」

水戸藩の若年寄が訪ねて来るなど、これまで一度もなかった。正紀が留守にしていた間である。

「余人を交えず、二人だけで半刻（一時間）話をしておいででした」

それが、この件に関わっているかどうかは分からない。

三

辻井が引き上げた後、正紀は佐名木と共に藩の勘定頭井尻(いじり)を呼び、高岡河岸の直近の利用状況について尋ねた。

三棟ある納屋のうち二棟は、江戸の廻船問屋と行徳(ぎょうとく)の塩問屋のもので、藩は運上金(うんじょうきん)と冥加金(みょうがきん)を受け取っている。そして一番新しい納屋が、藩で建てたものだった。こちらは使用料を、すべて受け取ることができた。

関宿(せきやど)経由で江戸から運ばれた荷を、高岡河岸にいったん置く。ここで霞ケ浦(かすみがうら)や北浦(きたうら)、銚子(ちょうし)へ行く荷に分けて、別の荷船でそれぞれの河岸場に運ばれる。高岡河岸は、水上輸送において地の利があった。

正紀はそこに目をつけて、活性化を図ってきた。

「直営ではない二棟は、決まった使用の者がいて、空になることがないように差配をしておりまする」

「江戸で塩梅をし、無駄のないように使っているわけだな」

「さようでございます。ですが藩の納屋は、まだまんべんなくというわけには参りません」

　正国が奏者番の地位に就いて、大名家や旗本家の荷を中継する用が増えた。これは藩にとって幸いだが、日取りが重なって、やむなく使用を断ることもあった。もう一棟あれば、せっかくの利用者を逃さなくて済む。常に利用されるようになったら、利益は増える。

「国許からは、四棟目の納屋を建ててはどうかとの申し出が来ております。その声は各村の者からも上がっているそうで」

「日銭が落ちるからだな」

「はっ」

　荷運びの仕事だけでなく、荷船が着くと百姓の女房たちは握り飯や饅頭、茶などを売る。この利益のお陰で、冬場出稼ぎに行く者が少なくなった。

　村の者は当初、余所者が立ち寄ることを警戒したが、有益であると分かると考えが変わった。納屋を増やすことは藩財政だけでなく、百姓の暮らしにもいい影響を及ぼすことに気がついたのである。

「しかしな。先立つものがなくては、話にならぬ」

正紀はため息を吐いた。河岸場近くには、田畑にはできないが納屋ならば建てられる荒地がまだある。それは前にも話題になった。

「商人を募(つの)り、用地を使わせて建てることができまする」

「それはそうだが」

井尻の提案に、正紀は首を傾げた。不可能な話ではない。便の良さが知られてきたから、話に乗る商人は現れるだろう。ただそれだと運上金や冥加金は入っても、自前の納屋を使わせるのと比べて利が薄い。

「納屋の用地は、無限にあるわけではないので、できれば藩で建てたいところだな」

佐名木も同じ意見だった。

松平定信の政策の基本は、質素倹約を進めることだ。しかしそれには限界がある。藩士領民は贅沢(ぜいたく)などせず、できる倹約はすでにしつくしていた。それは幕臣も同じはずだった。

納屋新築の要請は切実な願いで、それに応えなくてはならないと正紀は感じている。

「それにしても定信様は、新しい施策としてどのようなことを考えておいでなのであろうか」

と気になった。極秘にしているところを見ると、相当に大胆で大規模なものではないかと推量できる。

家禄四百俵の辻井家でも、家計は逼迫している。小禄の者ならばなおさらだ。定信はその救済策を考えているのか。

政策では相容れない相手だが、正紀は定信を、私腹を肥やす悪辣な者とは考えていなかった。廻米を命じたのも、米価の安定を目指したからだった。


翌日、広瀬と共に屋敷へやって来た園枝が、再び正紀を訪ねてやって来た。一人ではなく、商人を伴っていた。年の頃は四十代半ばで、柴垣屋利右衛門という薪炭問屋の主人だと紹介された。

「以後、お見知りおきいただきたく、お願い申し上げます」

恭しく挨拶をして、白絹三反を進物として差し出した。中背で小太り、狸を思わせる風貌だった。身につけているのは極上の絹物で、商いがうまくいっていることを窺わせた。

「まずは井上家のご隆盛、喜びに堪えません。英邁なる正紀様がご世子になられ、さらにご繁栄なさるものと拝察申し上げます」

歯の浮くようなことを口にした。何を企んできたのかと訝しんだが、ともあれ話は聞こうと思った。

「本日は、お願いがあってまかり越しました。園枝様よりのご推奨をいただいてのことでございます」

柴垣屋はそこでちらと園枝に目をやってから、言葉を続けた。

「私どもの店では、霞ケ浦や北浦経由で仕入れた薪炭の収集場所として、高岡河岸を使わせていただきたく存じます」

「ほう」

願ってもない話だった。横で園枝は、胸を張っている。口には出さないが、格好の商人を連れてきたぞという顔だ。

「一度だけではなく、長く使わせていただければ幸いでございます」

年間を通して、継続的に使いたいという話だ。相好が崩れそうになるのを、正紀は堪えた。

「仕入れ先は広いのか」

「常陸の北が中心で、白河藩の御用も承っております」

園枝との関わりが、それで見えた。

「ならば勘定方の井尻と引き合わせるといたそう」

後日、詳細について打ち合わせをする。帰り際、園枝は念を押すように口にした。

「先日の話については、よしなに」

抜け目のない眼差しを向けてくる。

「すると高岡河岸の使用は、我が殿が奏者番を続けることの引き換えか」

「とんでもございませぬ。別物でござる」

商人のような笑みを漏らして引き上げた。

部屋に残った正紀は考えた。奏者番は、出世の足掛かりとして誰もが就きたい役職だ。

だからこそ正国が就任する折にも、競争相手がいた。尾張藩主徳川宗睦が動いて、就任が決まった。それを辞めるというのも腑に落ちないし、園枝が動いて、柴垣屋を使って慰留するのもおかしな話だと思った。

それで正紀は、意を決して正国に当たってみることにした。単身で、下城後の御座所を訪ねた。

「どうした」

くつろいでいた正国だが、正紀がいつもと様子が違うと感じたらしく、そんな言い方をしたのだろう。

向かい合って座って、まずは園枝や柴垣屋が来た一件を伝えた。そしてさらに奏者番辞任について、問いかけたのである。

「そうか、そのようなことがあったのか。園枝も、ずいぶんと慌てたものだ」

話を聞いた後正国は、慌てるふうもなくそう返した。しかしすぐに、きりりとした表情になって言った。

「今は、答えられぬ」

確固たる決意を持った口調だった。あっさり辞任を否定するかと思ったが、それはなかった。

「はっきりしたら、話すぞ」

それ以上の問いかけを許さない、といった雰囲気があった。これ以上は、もう口にできない。そこでもう一つ気にかかっていることについて正紀は尋ねた。

「城内では、定信様が何か次の施策を練っておられるとか。どのようなものになるのでしょうか」

「うむ、それもある」

と返したが、何かを話すわけではなかった。やり取りで感じたのは、辞めるかもしれない理由に、新たな施策が関わっているということだった。

四

二日後正紀は、市谷(いちがや)にある尾張藩上屋敷へ出向いた。ここの門番は、正紀の顔を知っているので、門の前に立つだけで門扉(もんぴ)が開かれた。

壮麗な長屋門だ。潜って門内に入ると、桜の木が何本かあり、花が開き始めていた。正紀は少しの間、足を止めた。

敷地内の草木は新たな季節を導くように、色とりどりの花を咲かせてゆく。そう植栽されていた。

「井上殿」

と声をかけられた。歳上の、尾張藩に縁のある旗本だった。同じ用事で顔を見せた。

五月には、尾張藩初代藩主義直(よしなお)公の法事がある。その法要は、一門が参加して行われた。正紀にとっても、ご先祖様にあたる。

その支度に当たる一人として、正紀は打ち合わせに足を運んで来た。旗本と並んで歩いて、建物の中に入った。

正紀と旗本は広い廊下を、目当ての部屋を目指して歩いてゆく。広大な建物だが、何度も来ているので案内なしでも歩ける。

向こうから六万石の大名がやって来たので、正紀と旗本は廊下の端に寄って黙礼をした。尾張屋敷へは、大名旗本だけでなく大寺の高僧なども姿を見せる。

「あれは誰か」

分からなければ、近くにいる尾張藩の藩士に訊く。だから正紀は小大名の世子という身分でも、大名や役付きの旗本の顔と名は知っていた。聞いた名と顔は、忘れないように心掛けている。

そしてまた歩いていると、見覚えのある人物二人の姿を見かけた。一人一人ならばどうということもないが、二人が深刻な顔で話しながら歩いているとなると、ただごとではない気がした。

水戸徳川家の若年寄大森典膳と一橋家の家老建部広政（たてべひろまさ）だった。建部は、当主治済の片腕と呼ばれている切れ者である。

当然、将軍家斉とも繋がっている。

尾張徳川家に誰が現れても不思議ではないが、大森は先日、高岡藩邸を訪ねてきたばかりだった。そして今日は尾張の宗睦と対面し、一橋家の重臣とも同席をしていたことになる。

「何事だ」

と捨て置けない気持ちになった。明言こそしないが、正国はせっかくの奏者番の地位を捨てようとしている。

法事に関する用談を済ませた正紀は、兄の睦群がいる付家老の用部屋を訪ねた。多忙な睦群だが、時間を取ってほしいと事前に頼んでいた。

四半刻（三十分）待たされたが、睦群は姿を現した。尾張藩の付家老は激務だ。大勢の曲者（くせもの）の大名や旗本と顔を合わせるのも仕事の内だ。それらに対して、宗睦の意を汲んだ対応をしなくてはならない。

正紀とは一つしか歳が違わないが、見た目は三つ四つ上に見える。自分よりも大人びていると感じる。

まずは、廊下ですれ違った人物について話をした。

「そうか、大森殿と建部殿を見かけたか」

睦群が反応したのは六万石の大名ではなく、こちらだった。この二人の方が、重要な案件だったのだろう。

「それぞれ殿様である、一橋治済様と徳川治保様の名代でやって来た」

「ただごとではなさそうですね」

御三家と御三卿の一つずつが、尾張徳川家に足を運んで来た。しかし、高岡藩に関わりのあることだとは思えなかった。

「何事でございましょう」

答えられないならば仕方がない、という軽い気持ちで訊いた。

「朝廷との間に、厄介なことが起こっている。存じておるか」

「光格天皇が、父閑院宮典仁親王に太上天皇の尊号を与えたいと伝えてきた話ですね」

これは正国から聞いていた。正紀には、どうでもいい内容だった。言われて思い出した。

「その方は、どう考えるか」

「定信様のお考えが、道理にかなっていますね」

頭に浮かんだことを、そのまま口にした。睦群は頷いたが、表情は苦々しいものだった。

「それでは上様は、面白くない」

「えっ」

何を言い出すのかと、面食らった。それで家斉が不快になるなど、考えもおよばなかった。

「上様はご実父の治済様に、大御所の尊号をおつけになりたいからだ」

さらに詳しい事情を聞いた。

「厄介な話ですね」

不満なのは、家斉だけではない。一橋家も同様だ。当主が大御所となれば、一橋家は他の御三卿の上に立つ。

邪魔をしているのは、老中首座松平定信だ。家斉と一橋家は、定信の正論を前にして、憤りを収めきれずにいる。

建部が尾張の宗睦を訪ね、そこに水戸の大森が同席した事実は重大だ。

「これは大事になるぞ」

「一橋家では、尾張と水戸を味方にして、大御所を認めさせようとしているのでしょうか」

紀州は、御三家の中でも尾張や水戸とはやや立場が違う。一橋も、紀州から出た家だ。

「本音は、力で押したいところだろう。しかし将軍家とはいえ、定信様の正論を覆すことはできない」

「尾張と水戸は、上様のお味方をしないのですか」

両家が賛意を示せば、当然紀州も同意を示す。そうなると定信も、正論にこだわれなくなるのではないか。将軍と御三家のすべてを、敵に回すわけにはいかないだろう。

「味方はせぬ。治済様の尊号は、あくまでも上様お一人の気持ちだ。尾張や水戸に、そこまでの思いはない」

「さようでしょうな」

そうでなくても治済は、将軍の父ということで、政に口を出してくる。大御所の尊号がついたら、それはますますひどくなるだろう。この部分では、尾張も水戸も、定信の判断を支持している。

「では尾張徳川家では、定信様に与して、朝廷に尊号を認めることには反対するわけですね」

「いや、異は唱えぬ」

「えっ」

「どちらにも、距離を置くということだ」

「…………」

「まだ閑院宮典仁親王様への尊号を認めるかどうかの結論は、出ておらぬ。しかし定信様は譲るまい」

たとえ相手が将軍であろうとも、正しいと思えば己の意見を主張する。よく言えば強い信念の持ち主といえるが、悪く言えば頑固だ。いかにも定信らしいと、正紀は思う。

「このままでは、上様を敵に回しますな」

「いかにも。ために今後の政がやりにくくなるであろうが、そのために己が引くことを潔しとはしない。しばらくは、綱引きが続くだろう」

「尾張と水戸は、火中の栗は拾わないわけですね」

「そういうことだ」

正紀は遠くからとはいえ、何度か家斉の気難しそうな顔を見たことがある。扱いにくそうなお人だと思った。

ただ尊号の一件が、正国の奏者番辞任とは繋がらない。

「ところで、正国様が奏者番を辞任なさるという話があります。まことでございましようや」

睦群にぜひとも訊いておきたいことだった。

「それを、どこで聞いた」

睦群はわずかに、気色ばんだ。

正紀は、園枝にまつわる話を伝えた。

「なるほど。それは園枝の独断であろう」

睦群は聞き終えてからそう言ったが、他に何かを口にしたわけではなかった。正国と同様、知っていて話さないといった態度だった。

五

尾張藩上屋敷を出た正紀は、供の植村を連れて町へ出た。春の強い風が吹いている。土埃が通りに舞い上がっていた。商家の小僧が道に水を撒くが、陽光で道が乾くからか土埃はなくならない。

商家が並ぶ道を歩いてゆくと、武家の妻女が買い物をしている姿を折々見かけた。屋台の小間物屋で、簪（かんざし）を品定めしている数人の武家娘の姿もあった。

「切米があって、懐が温かくなったからでしょうか」

植村が言った。

「いや、よく見てみろ。あの娘たち、あれこれ言っていたが買わなかったぞ」

「そういえばそうですね」

浜町河岸の日本橋久松町へ行った。掘割を荷船が行き交う。風で水面に小さな波が立っていた。

高岡河岸の納屋に荷を置きたいと言ってきた薪炭屋、柴垣屋の様子を窺うつもりだった。

「あれが店ですね」

植村が、屋号が記された木看板を指差した。間口が五間半（約九・九メートル）で、脇に薪炭の倉庫があった。堀に面していて、船着場がついている。大店老舗の並ぶ界隈でも、見劣りしない店構えだった。わずかな間にも、人の出入りがある。その度に「いらっしゃいませ」の声が、離れていても聞こえた。

ここでも小僧が、店の前で水を撒いていた。

「繁盛した店のようだな」

「そうですね。もう暖かくなり、火鉢などは使わなくなっていますが、それでも客が来ますね」

「当たり前だ。薪炭は冬だけでなく、夏場でも売れる。暖を取るためだけでなく、煮炊きの七輪にも使うからな」

そこへ炭俵を満載にした荷船が着いた。

「荷下ろしを始めるぞ」

声が上がると、手代や小僧が店から出てきた。皆きびきびした動きをしている。板を渡して、荷下ろしが始まった。下ろされた炭俵は、ひとまず河岸の道に積まれる。

「おい、ぼやぼやするな。きちんと積め」

指図(さしず)をするのは、二十歳(はたち)前後の気迫のこもった手代だった。小僧たちは手代を怖れているのか、よく指図に従う。

その様子を、河岸の道から羽織袴姿の侍が見張っていた。

「あれは山野辺蔵之助(やまのべくらのすけ)様ですね」

気がついた植村が言った。

山野辺は北町奉行所の高積見廻り(たかづみ)与力である。役目として、立ち会っているらしかった。

正紀にとっては、幼馴染(おさななじみ)のようなものだ。神道無念流(しんとうむねん)戸賀崎(とがざき)道場の剣友で、今も身分を越えて親しい付き合いをしている。大名家の世子となった正紀だが、昔と同じように、「おまえ」呼ばわりをする者は他にはいない。

山野辺が見張っているからか、無茶な積まれ方をすることもなく、炭俵は荷船から下ろされた。そして河岸の道からすみやかに店の納屋へ納められた。手早い仕事だった。番頭らしい二十代後半の羽織姿の者が出て来て検めた。

見届けた山野辺は、正紀の傍へやって来た。

「ご苦労だな」

「いやいや。あのまま河岸に置いて付け火にでも遭ったら、とんでもないことになるぞ。強い風だからな、たちどころに大火事になるぞ」

言っていることは間違いなかった。高積見廻り方の役目は、防災と防犯だ。積まれた荷を足掛かりにして塀を越え、盗みに入る者もいる。

「柴垣屋の商いはどうか」

ついでなので訊いてみた。

「荷の出し入れの様子を見る限りでは、悪くはなさそうだぞ。ただこの店は、時折店の都合で勝手な置き方をする。それで出張ってきた」

山野辺は答えた。商いの様子より、荷の置き方が気になるのは役目柄だろう。

「あの手代は、やり手のようだな」

正紀は、荷運びの指図をしていた手代を話題にした。

「ああ、あれは朝吉という者だ。番頭の郁次と共に、商いには熱心だ。しかし見ていないとあいつらは勝手な指図をする」

道で会う分には、腰の低い愛想のいい商人だが、いざというときには無茶をすることがあるという。

「ここのところ、春の強風が多い。まだ大火はないが、付け火による小火はいくつか起こっている。気をつけなくてはならないところだ」

「それはそうだ。お役目に、気合いが入るではないか」

「まあな」

山野辺は少し照れた。それで正紀は気がついた。山野辺は昨年、綾芽という娘と祝言を挙げた。身を固めて、前よりも慎重になったようだ。悪いことではない。役目を今まで以上に大切にするようになったわけだ。

「どうだ。新妻との暮らしは」

からかい気味に訊いた。するとやや困惑気味の表情になった。問いかけて嬉しそうな顔をした正月頃とは、様子が違った。

「どうもな」

何か言いにくそうだ。煮え切らないのは珍しい。

「どうした」

と詰め寄った。事情があるならば、聞いてやろうと思った。

「母上がな」

話すというよりも、呟きになっていた。

「そうか」

一言で、大方のところは察せられた。山野辺の母甲（こう）は、なかなかにきつい性格だ。どうやら母と綾芽の間に問題があるらしい。加えて山野辺家には、妹の弓（ゆみ）がいる。

「一家に、雌鶏（めんどり）が三羽いる。難しいぞ」

「なるほど」

甲と弓は実の母子（おやこ）だが、綾芽は違う。

「大きな諍（いさか）いがあったのか」

「いや、そうではないが……」

綾芽は明るく気さくで、そこは甲の眼鏡（めがね）にかなった。しかし共に暮らすとなると、小さな気持ちのすれ違いが重なるのかもしれなかった。幸い正紀は、京と和が実の母子だから、揉めることはあっても、己に降りかかる火の粉は少ない。

「まあ、じきに慣れるのではないか」

と慰めた。それ以外には、言いようがない。

「ただな、よいこともあるぞ」

「何か」

せめてそれを、聞いてやらなくてはならない。

「綾芽の腹に、子が出来た」

「そうか。それはめでたい」

山野辺が役務に励んでいるわけを理解した。正紀にしても、喜ばしいことだ。

「おまえの暮らしはどうか」

と逆に山野辺から問われた。

「順調だ。孝姫は日ごとに大きくなっている。後は高岡河岸を使う者を、さらに増やしてゆくだけだ」

正国の奏者番に関しては、はっきりしないことなので伝えなかった。

屋敷に帰って、正紀は山野辺に会って話をしたことを京に伝えた。京は、面白くもないといった顔で聞いた。

「母であれ妻女であれ、御せぬようでは不甲斐ない。山野辺どのもだらしがないですね」

と切り捨てた。

「そうか」

頷きはしたが、京は甲の気性の激しさを知らないと思った。ただ京も、なかなかの強者だ。

「では自分は京を御しているか」

と振り返ってみると、答えは出ない。眠っている孝姫の顔を見た。何やら、歯のない口を動かしている。この世で一番可愛い生き物だ。見詰めている間は楽しかった。

六

三月になった。高岡藩上屋敷の庭にある沈丁花が、強い香りをはなっていた。ただ春の強い風が、土埃を舞わせる。

油の御用達商人が、挨拶にやって来た。正紀は他に用がなかったので、井尻と共に会うことにした。番頭は思いがけない品を、進物に持参してきた。

「大団扇でございます。何かのお役に立つかと存じます」

番頭は、自信ありげに言った。立てると、人の背丈よりも大きい代物だった。柄の部分も太い。

「これを何に使うのか」

正紀は訝しんだ。

「出火の折に、扇ぐことで火の粉を防ぎまする」

番頭は、胸を張った。武家でも町人でも、出火元になって類焼を起こせば責を問われる。消火と共に、火の粉を防ぐのは大事なことだ。

「それはそうだが」

ともあれ受け取った。

「しかしこれよりも、進物にするならば油の方がありがたいですなあ」

番頭が帰った後で、井尻が言った。井尻は実用の品を好む。中間を呼んで、大団扇をお長屋の納屋に入れさせた。

「融通の利かぬ者でございまする」

恨み言を口にした。当座いらない物ならば、献残屋へ売ることもできるが、大団扇では売れない。

ひと頃と比べれば、藩財政は好転してきているが、まだまだ苦しい。禄米の借り上げも終わってはいなかった。切米の翌日には、もう札差から金を借りようとする直参の苦境を、他人事とは思えない。


その夕刻、城から帰ってきた正国が、正紀と佐名木を御座所へ呼んだ。

この数日、正紀は口には出さなかったが、正国が緊張をしていると感じていた。非番の折には尾張藩上屋敷へ出向くこともあり、一橋家から書状が届くこともあった。

奏者番の役目についての話だと予想がつくから、正紀と佐名木は正国の御座所に入る前、互いに頷き合った。

「いよいよだ」

という気持ちだ。決まったならば、何であれ従わなければならない。

向かい合って腰を下ろすと、正国は口を開いた。今朝までとは違って、緊張のなかにも、どこか踏ん切りのついた顔をしていた。

「この度、奏者番の役を降りることになった。理由は病だ。定信様に、正式にお伝えいたした」

「はあ」

正国は膚の艶もいいし、窶れているわけでもない。いかにも健康そうに見える。厄介な奏者番の役目を、完璧にこなしている。病と言われても、誰も信じないだろう。

「ご老中様は、承諾されたのでしょうか」

「いろいろあったがな、ご納得いただいた」

佐名木の問いに、正国は応じた。ならばもう覆ることはない。正紀は次の言葉を待った。

「老中首座の定信様は、今、二つのことに関わっておいでだ」

聞いたことは、しばらくは藩士にも漏らさぬよう申し渡された。

定信が関わる二つの重大事項となれば、おおよその見当はつく。一つは尊号の一件と、今のところ極秘とされている新たな施策だ。奏者番職にある正国は、その大まかなところはすでに知っているはずだった。尾張藩の宗睦も、閣僚の誰かから知らされているだろう。

「尊号の一件はまだ決着を見てはおらぬが、定信様は後へは引かぬであろう。上様が治済様に大御所の尊号を与えることを、不遜だと考えておられる」

「祖法に反するというお考えですね」

正紀が返した。

「もちろんそれは大きいが、表向きの理由だ」

「裏の理由があるのですか」

「定信様は田安家の生まれで、吉宗様のお孫に当たられる。場合によっては、将軍にもなれた。しかし今将軍職にある家斉様は、吉宗様からすればひ孫となる。ご自分のほうが繋がりは濃いと考えられているであろう」

気持ちの根に、家斉に対する嫉みがあると言っていた。

「確かに」

「それでも直系ならば不満はなかろうが」

「養子ということでございますね」

「そうだ。そこで同じ吉宗様の孫である将軍にならなかった治済様が大御所の尊号を得ることを、よしとすると思うか」

「まあ、気持ちは分かる気がいたします。ですがそれは私事で」

定信が、私情で動くとは考えられない。

「そうだ。だからあのご仁は、何があっても口には出さぬだろう。しかしそれが、胸の内のどこにもないと言い切れるか」

「…………」

「家斉様は、まだ若い。しかし治済様は、定信様の気持ちに気づくのではないか。わしや宗睦様が気づいているように」

こうなると、返す言葉がなかった。

「尊号を認めるかどうかは、朝廷と将軍家の問題だけではない。家斉様とその後ろにいる治済様、それと定信様との問題でもある」

「奥が深いですね」

「そうだ。家斉様と定信様との溝が広がることになる。治済様も、面白くはないだろう」

正国はここで、ため息を吐いた。

「定信様が老中に就かれるにあたって、強力に推したのは治済様でしたな」

佐名木が言った。正紀もそれで思い出した。当初、老中に就くと目されていたのは、当時奏者番を務めていた出羽(でわ)山形(やまがた)藩六万石の当主秋元永朝(あきもとつねとも)だった。しかし治済が力を尽くして大奥を動かし、さらに尾張と水戸へ働きかけた。それがなければ、定信の老中就任はなかった。

「いかにも。あのときの恩を、忘れたのかという気持ちだろう」

「定信様は己の正論を通すために、後ろ盾をなくすわけですね」

「内心の気持ちはともあれだ」

正国はきっぱりと言った。睦群の話では、尾張はどちらにも与しないとか。ならば水戸も同じだろうと推察できた。

ただこれが、正国が奏者番を辞する理由になるとは思えない。次の言葉を待った。佐名木も同じ気持ちだろう。口を真一文字に結び正国を見詰めている。

「さらに一点、定信様は今年の秋に新たな施策を行おうとしている」

正国は、前よりも大きなため息を吐いた。改めて正紀と佐名木に目を向けてから、言葉を続けた。

「定信様は、幕臣の困窮を何とかしたいと考えている。今や蔵米取りで、札差から借財のない者を探すのは難しい。返済どころか、利息を返すのでさえままならぬ状況だ」

「それはそうですね」

困窮する幕臣を救おうとすることは大切な政だ。正紀も、藩士からの貸し米をなくしたいと考えている。けれども妙案はない。定信には、あるというのか……。あるならば知りたいところだ。

正国は、やや間を置いてから口を開いた。

「あの方が考えているのは、その借金をご公儀からの命として、なしにしようというものだ」

「まさか」

これは仰天だ。正紀は佐名木と顔を見合わせた。

「どの程度のものになるか、詳細はこれから練るにしても、定信様は進める気でいる」

信じがたい話だが、正国は夢で見たことを話しているわけではないだろう。

「上様は、それについては何とお考えなのでしょうか」

家斉が反対すれば、潰える話だと思った。

「それがな、お若い家斉様は、家臣の苦境が救われるならばよい、程度にしかお考えになっていない」

「徳政令のようなものですな」

佐名木が言った。永仁五年（一二九七）に、鎌倉幕府の九代執権北条貞時が発令したものだ。窮乏する御家人を救済する目的で、数度出されていた。その主な内容は、御家人所領の売買や質入れを禁止する。すでに売買や質入れされた所領は、無償で本主に返付させるというものだった。

　平たく言えば、幕府の権威で、御家人が領地を担保にして借りた金はなしにするというものだった。無謀にも思える話だが、定信はこれまでに例のないことをしようとしているのではなかった。

「棄捐の令を出すつもりだ。これを進めると、どうなると思うか」

　正国に問われて、正紀はしばし考えてから答えた。

「一時的には、旗本や御家人は喜ぶと思います」

「では貸している札差はどうか」

「損害は大きいでしょうから、対策を考えると存じます」

「どのような対策か」

　問われて、前に読んだ永仁の徳政令に関する書物の内容を思い出した。

「再び棄捐の令があってはかなわないと、貸し渋りが起こると存じます」

　旗本や御家人のほとんどの者は、生活費のために借金をしている。諸物価が上がる中では、一時的に借金がなくなっても、家禄しか収入がない以上、それは抜本的な解決策にはならないだろう。

「そういうことだ。永仁の徳政令も、うまくいったとはいえぬ」

「貸し渋りが起これば、困るのは旗本と御家人たちですな。となればいずれは、棄捐の令をなしたご老中方に、不満と不信を募らせますな」

「定信様が、旗本や御家人の救済を考えるのはよい。だがその後の札差の動きに気が回らないのは手落ちといってよい」

佐名木の言葉に、正国は付け足した。

「下々の者は、出された触に従えばいいというお考えですな」

お殿様の考えしかできない人物でしかなかったか。思い起こせば、廻米の触のときもそうだった。その後に予想される市井の者の動きに目をやらない。

「人は、思惑通りには動かぬものだ。それをあのご仁はわかっておらぬ」

正国の、定信に対する評価が極めて低いのは、正紀にとって驚きだった。

七

松平定信に関して、二つの問題が起こっているのはよく分かった。しかしまだ、正国が奏者番を辞任する理由は説明されていない。

尊号の一件も棄捐の令も、高岡藩に関わりがあるとは思えなかった。

正国が、再び口を開いた。

「上様から疎んじられ、旗本や御家人から恨みを買うことになる定信様は、長くは老中首座にはいられまい」

「ま、まことに」

正紀は、正国の言葉に仰天した。定信政権は、短命で終わるという見方だ。

「それは、宗睦様のお考えでもあるわけでございますか」

佐名木が問いかけた。それで正紀は、はっとした。

奏者番の役に就くということは、単に高岡藩や正国だけの問題ではない。尾張一門の意を受けてのものだからだ。

宗睦は正国が能吏であり、実弟ということもあって就任を強く推した。けれども実際はそれだけではない。尾張一門の中から、幕閣に人を入れておきたかった。それは尾張徳川家の意向を幕政に反映させたかったからに他ならないだろう。

身内への情はあっても、それだけで動くほど宗睦は甘くない。

「そうだ。宗睦様と話し合いを重ねた上でのことだ」

おそらく、宗睦だけではないだろう。睦群を始めとする尾張藩の重臣や、分家である美濃高須藩三万石の松平義裕、日向延岡藩七万石の内藤家に婿に出た政脩など一門の意見も入っているのに違いなかった。

　この数日、正国には常とは違う緊張があった。となると奏者番の辞任は、いよいよもって動かしがたいものになる。

　正紀が慰留をしたところで、どうなるものでもない。

「しかしなぜ、尊号の一件と棄捐の令が、奏者番を辞めることに繋がるのでしょうか」

　そこについて、得心がいかない。先行き定信は追い詰められる。短命政権で終わる可能性は高いが、改めて考えると、正国が奏者番を辞める理由にはならないのではないか。

「定信様も愚かではない。尊号の一件を拒絶すれば、上様との関わりがどうなるかは見えている。そこであの方は、それなりの手を打ってきた」

「どのような」

「宗睦様を通して、わしを老中に引き立てようという話であった」

「ほう」

　これも魂消た。実現すれば、大出世といっていい。大幅な加増もあるはずだ。

「しかしな、宗睦様はこれを断られた。わしもそれに不服はない」

「何ゆえで」

正紀は、これも得心が行かない。もし実現し昇進が決まれば、その加増分で高岡藩の財政難は一気に解決する。

旗本園枝仁之丞は、正紀のもとへやって来て、奏者番辞任の慰留をしてほしいと請い、薪炭屋柴垣屋利右衛門という餡を差し出してきた。この方が、何倍も分かりやすい。

正国は、このとき正紀の胸に湧いた思いを察したに違いない。しかしそれを追い払うような気迫をこめて言った。

「定信様はわしを老中にすることで、尾張徳川を味方にする腹だ」

「それはそうでございましょうな」

だからこそ、老中に据える。

「しかしな、定信様は尊号の一件で朝廷と将軍家を敵に回す。棄捐の令で、札差の恨みを買い、早晩旗本や御家人の信頼も失う」

「い、いかにも」

「落ち目になる定信様の引きで、末席の老中になったところで尾張一門にとっては旨味はない。借りを作れば、かえって面倒だ」

支持者のない定信政権を、尾張徳川が後ろ盾になって支えなくてはならない。

「それは受け入れられる話ではありませぬな」

「ということだ」

佐名木の言葉に、正国は大きく頷き、続けた。

「定信様の施策が、真に有効なものであれば別だがそうではない。泥船には乗れぬ」

ここまで言われると、頷かざるを得なかった。

「殿が奏者番を辞任なさることで、尾張徳川家は定信様に与しないことを、明確にするわけですね」

「うむ。上様や治済様はもちろん、他の幕閣や諸大名も、わしが病ではないことを知っている。誰もが気づくであろう」

「これは水戸も」

「もちろん、存じておる」

正国や宗睦は、一門の重要事項として秘密裡に事を練ってきた。どこかから横槍が入っては面倒だと考えたのだろう。だから正紀や佐名木にも伝えなかったのだと、正紀は判断した。

「おそらく園枝は、定信様かあるいは白河藩の重臣から、この話を聞いたのであろう」

「定信様は、根回しなどなさらない方ですから、園枝殿は忖度(そんたく)をなされて動いたのに違いありませぬ」

佐名木が正国に応じた。

「しかし惜しいことでございますね」

正紀は、本音を漏らした。目の前に現れた、加増を伴う老中への道を、こちらから閉ざすのである。

「尊号の一件と棄捐の令は、これから大きな出来事となるぞ。尾張一門は、旗色(きしょく)を明らかにしたわけだ」

「すると何らかの反動も、あるやもしれませぬな」

正国の言葉に、佐名木が応じた。

「降りかかる火の粉は、払わねばなるまい」

「そうですね」

こうなったら、腹をくくるしかないと正紀は考えた。

第二章　崩落

一

正国の御座所を辞した正紀は、佐名木の用部屋へ行って二人で話をした。辞任の理由と尾張一門の姿勢が伝わってきて、胸の内に興奮があった。

心情穏やかだと思っていた正国だが、強い信念を秘めていることには驚いた。また鉄壁だと感じていた定信の支持層が、尊号の一件と棄捐の令で崩れそうになっていることにも、衝撃を受けた。

胸の中に、様々な思いが去来する。

「尾張が定信様に与しないというのは、治済様には好都合だろうな。宗睦様の考えを左右する意見もあったのではないか」

「策士ですからな、ないとはいえませぬな」

「そういえば尾張の上屋敷で、一橋家の家老建部広政の姿を見たぞ。水戸の御年寄大森典膳と一緒だった」

「前から、話し合っていたのでしょう」

「しかし尾張は、尊号を認めることに力を貸すつもりはなさそうだ。宗睦様もしたたかだな」

「水戸もでございましょう」

公儀の上層部では、常に勢力争いが行われている。高岡藩はその中心にはいないが、渦の端にはいるのだと正国と話して悟った。

「それにしても治済様にしてみたら、定信様は憎いだろうな。老中就任にあたっては、大きな働きをなさったわけだからな」

「恩知らず、と映ったでしょう」

「治済様の側から見れば、尊号を認めない定信様は許しがたいだろう」

「ですが、将軍とご尊父を敵に回しても引かないのは、定信様らしいですな」

そこは、並みの大名とは違うところだ。

「老中という役職は、一度なってしまうと将軍様でも簡単には降ろさせない。定信様はそこで大きな施策をなし、成果を上げたいのではないか」

「しかし施策はうまくはいかぬでしょう。定信様が老中でいられるのは、長くても五年か六年ではないでしょうか」

睦群と話し、正国から話を聞いて、正紀の胸中で絶対だと感じていた定信の像が崩れかけている。ここで二度に亘って屋敷へ訪ねてきた、園枝仁之丞のことが頭に浮かんだ。

正国の奏者番辞任を知って、事の重大さを知った。藁をも摑むつもりで、正紀に慰留の依頼に来たのではないか。定信の引きで出世をしたい園枝にしてみれば、地盤は盤石(ばんじやく)にしておきたいだろう。

「じっとしてはいられなかったのでしょうか」

「園枝殿にしたら、離れて行く尾張は憎いであろうな」

「高岡藩にも、恨みを持つのではござるまいか」

佐名木は、まず高岡藩を守ることを考える。

「それにしても、宗睦様はご決断が早いですな」

佐名木が呟いた。正紀も、同感だ。

「頭の中では、定信様の次を考えておいでなのではないか」

　思いついたことを口にしてみた。

「尾張徳川家の今後のために、今どう動けばいいか。すでにお気持ちは、そちらへ行っているのでしょう」

「なるほど」

　正紀は、聡明でしたたかな伯父の面貌(めんぼう)を頭に浮かべた。

　佐名木が何かを考えるふうを見せてから、口を開いた。

「紀州家から出た八代将軍吉宗様は、御三卿を作ることで、事実上尾張徳川家から将軍を出す道を塞ぎました」

「うむ。そうだな」

　徳川宗家に跡取りがない場合、御三家の尾張と紀州から跡取りを出すという了解があった。しかし吉宗は、御三家とは別に跡取りがない場合に養子を出す三つの家を創設した。吉宗の次男宗武(むねたけ)が当主になった田安家、吉宗の四男宗尹(むねただ)が一橋家、そして九代将軍家重(いえしげ)の次男重好(しげよし)が清水(しみず)家の当主となった。

　これが御三卿だ。このおかげで、尾張徳川家から将軍を出す機会は、実質的になくなった。

「とはいえ尾張徳川家が、威厳を失ったわけではございませぬ」

「御三家筆頭の地位は、変わらぬからな」

「いかにも。しかし手をこまねいていては、知らぬ間に影も薄くなりまする」

「確かに、単なるお飾りになってしまう」

「はい」

佐名木はここで、大きく一息吐いてから言葉を続けた。

「その中で宗睦様は、尾張徳川家がいかに重要かをお示しになっておいでになります。そのためには、老中首座をも切り捨てまする」

「まことにその通りだ」

佐名木らしい、宗睦評だった。正紀は、そういう見方をしたことはなかった。やり手の伯父という程度だった。少し驚いた。

今でこそ高岡藩井上家は、当主と世子を尾張徳川家と竹腰家から迎え、誰からも尾張一門の一つとみなされている。しかしもとをただせば、井上家は遠江浜松藩六万石井上家の分家だった。

佐名木は井上家分家の譜代だから、気持ちの持ちようも尾張一辺倒ではない。だからこそできる、宗睦に対する見方だと思った。

佐名木はさらに話を続けた。

「宗睦様は、御一門を大切になさいます。この度は正国様を奏者番から降ろしますが、いずれは老中職にお就けあそばすおつもりなのではないでしょうか」

「ないとは、言えぬだろうな」

どきりとしたが、佐名木の見込みは正しいと思った。奏者番を辞することは惜しいと考えたが、老中への布石ならば話が変わってくる。

「我が殿は実弟というだけでなく聡明で、能吏でいらっしゃる」

「まさしくな」

「宗睦様が後ろ盾になって正国様を支えたら、別の道が開けると存じます」

「定信様の末席老中ではなく、退かれた後の首座にでも就けたいというお考えであろうか」

となれば、尾張徳川の権力は絶大になる。

「そこまでは分かりませぬが」

佐名木は、わずかに笑った。期待が大きすぎると、叶わなかったときの失望も大きいと言いたいのかもしれない。

「奏者番に、未練はないな」

「はい。他にも、老中への道はありまする」

松平信明は奏者番を経て老中になったが、京都所司代や大坂城代を経て昇進する者の方が多かった。

「しかしこの度の件では、信明様が表に出てこないな。広瀬殿が園枝殿を連れてきただけだ」

「老中を退くわけではなさそうですが、できるだけ関わらないようになさっているのでは」

「しかし政に対する考えは、同じなのではないか」

棄捐の令はともかく、尊号については明確な立場を取るのではないかと正紀は思った。

「それはそうですが、目指すものは同じでも、やり方については異なったお考えがあってもおかしくはありませぬ」

信明は正論を盾に、無理押しはしない。

そういえば、園枝を引き合わせた広瀬は、いつもとは違って覇気がなかった。頼まれて断れずに連れてきた。そういう印象だった。

正国の奏者番辞任については、藩士一同を広間に集め、詳細には触れずに佐名木が伝えた。

「何ゆえだ」

多くの者が、口にした。

「これからは、進物が減りますな」

井尻が言った。井尻の頭は、まず藩財政の行方を考えるようにできている。

「藩は、これからどうなるのか」

不安に思う者もいる。正国が、何か不始末をしでかしたと考えたのかもしれない。

「これは、尾張宗睦様と図ってのことである。案ずるには及ばぬ」

佐名木が声を上げた。一同がしんとなったところで、佐名木は続けた。

「近い将来、我が殿は新たなお役に就かれる。それは宗睦様もご承知のことだ」

凜(りん)とした口調だ。これで藩士たちの動揺はだいぶ収まった。

二

その翌日、柴垣屋の番頭郁次が、井尻に面会を求めてきた。歳は二十五、六で、商人にしては愛想が悪かった。

「正紀様もおいでになるが、お連れいたそうか」

「滅相もございません。畏れ多いことで」

会う必要はないと言った。物腰はあくまでも下手(したて)だったが、顔には何の気持ちもこもっていなかった。

「高岡河岸の納屋に、薪炭を置かせていただく話でございますが、なかったことにいたしたく存じます」

話し合う余地のない言い方だった。

「何ゆえか」

惜しいという気持ちで井尻は問う。もちろん理由は分かっている。正国が奏者番を辞めると決まったからに他ならない。ただどう返してくるかは、聞いておきたかった。

「せっかくではございますが、他に好都合な場所が見つかりまして」

曖昧(あいまい)な返答だ。けれどもさらなる問いかけはしなかった。領主と領内の商人ではないから、商いをしろと命ずることはできない。

「それはどこか」

と尋ねたが、郁次は答えずに深々と頭を下げた。

「またお願いに上がることも、あろうかと存じます」

それで腰を浮かした。決意をもってやって来たからだろう、雑談をする気もないようだ。井尻も引き留めることはしなかった。


正紀は、井尻からの報告を受けた。

「またなど、あるはずがない」

と吐き捨てた。何かあるとは予想していたが、反応は早かった。

「それにしても、露骨なことでございます」

井尻は嘆息した。園枝から、柴垣屋へ指図があったと考えるのが自然だった。

「もともと話はなかったと考えるしかあるまい」

「はあ、それはそうですが」

井尻は他にも案じていることがありそうだった。正紀は話を促した。

「他にも、殿が奏者番ということで、高岡河岸を使っている者がいます」

「年貢米や産物の輸送だな」

「さようで」

井尻が心を砕くわけが分かった。

「確かに、そういう手合いはあろう。しかしそれだけではあるまい」

「そうでしょうか」

井尻は堅実だが小心だ。

「高岡河岸には地の利がある。その便利さが分かれば、奏者番であるかどうかに関わりなく使うであろう。商人とは、そういうものだ」

多少は減るにしても、さして打撃になるとは感じていなかった。

「ただ進物は減るであろう」

貧乏藩にとっては大きい。正紀も、それは分かっていた。


正国の辞任は、屋敷の奥にも伝えられた。朝の読経の後、和が一番に口にしたのは受け取った進物に関することだった。

「狩野派の軸物だが、返せと言ってくるのではないか」

何よりも、気になるらしかった。

「母上様は昨夜ずっと軸物を架けて、愛おしそうに眺めていらっしゃいました」

京が言った。

「一度渡した品を、返せとは言わぬでしょう」

正紀は、和を安心させてやる。和にとっては、掛け替えのない道楽だ。和の絵の知識と鑑賞眼で、助けられたこともある。

「ならばよいが」

と漏らしたが、まだ不満もあるらしかった。

「もうこれで、軸物の進物はないであろうな」

肩を落とした。

「まあ、仕方があるまい」

正国は、動揺のない顔で応じた。言い訳はしない。正国は何を言われても柳に風と受け流す。言い返したり、頭から否定をしたりすることはない。和はしばらく繰り言を述べるが、それで収まる。

正紀はその様子を目にして、自分にはできないと感じる。ただ京は繰り言など口にしないから助かった。

京の部屋へ行って、孝姫をあやしていると言われた。

「殿様はいずれ何かのお役に就くとしても、すぐにではありますまい」

「そうだな。二年や三年はかかるだろう」

「ならばその間は、前までのように進物はないでしょう」

「仕方があるまい」

井尻とも話したことだ。

「高岡河岸を使う商人を、増やさなくてはなりませぬ。そうでなければ、藩士からの借り上げは解けませぬぞ」

一言で「二年や三年」といっても、辛抱して暮らす藩士たちには辛い。京は改めてそう伝えてきたのだと思った。

「分かった。心いたそう」

答えてから、正紀はまたしばらく孝姫の無心な顔を見詰めた。近頃は首が据わり始め、頭を持ち上げて周囲を見ようとする。動いているものを、目で追うようにもなった。

「おれのことが、分かるであろうか」

呟くと、京が返した。

「分かりますよ。毎日お見えになれば」

「そうか」

偉そうに指図をしてこないときの京は、いくぶん愛らしい。

三

　正国の奏者番退任の申し出は、正式に受け入れられた。定信は最後まで受け入れを渋ったらしいが、病を前に押し出した。

「今が、精一杯でござる」

　病状を問われて、正国はそう答えたそうな。

「正国に無理をさせてはならぬ」

　という家斉からのお言葉もあって、定信は渋々、企みと知りながらも受け入れたのである。

　三月二十四日が退任の日となる。それまでは、これまで通り役目を務める。

「惜しい気が、いたしませぬか」

　朝の読経の後で、正紀は訊いてみた。気を使う者は、傍にはいない。

「そうだな。やってみれば、なかなかに面白い役目であった」

「どのような」

「多くの者と会う。一癖も二癖もある、おかしな者もいるがな。それはそれで味わいがある」

役目から離れるのを、寂しく思う気持ちがあるらしかった。

しかし正国は公儀の役目は辞しても、高岡藩主という地位だけでなく、尾張徳川家の当主宗睦の実弟という立場もあった。一年間、奏者番という公儀の表舞台にいたわけだから、幕閣の仕事ぶりには通じている。人脈もできた。

しばらくは宗睦の相談役として、傍にいることになりそうだった。

ただ退任は退任なので、高岡藩には多少の余波があった。

「今日もまた、高岡河岸の利用をやめたいと申し出る者が現れました」

退任が明らかになって五日目、正紀のもとへ井尻が報告にやって来た。おどおどした様子だ。

「これで四軒目でございます」

「どれも白河藩や、定信様に色目を使う藩や旗本の御用達だな」

「まあ、そうではございます」

定信が指図したかどうかは分からないが、気を使ったのだと推量できた。井尻はぼやいたが、予想はついていた。

「新たに使う者を、増やせばよい」

正紀は元気づけた。

とはいっても、ぼんやりとしていては利用者など見つからない。これまでのように、向こうから使いたいと言ってくる者はないだろう。

「畏れ入りまする」

徒士頭の青山太平と植村が、正紀の御座所へやって来た。ここに来るにあたっては、思案を重ねたといった面持ちだった。

「いかがいたした」

「我らで、利根川を輸送で使う問屋を回って、高岡河岸を使う店を探そうと存じます」

青山が言った。青山は武官だし、植村は融通の利かない武骨者だ。何を言い出すのかと思ったが、二人は本気だった。

河岸場の利用者が減ったのを、憂えたのである。

「かまわぬが、行き当たりばったりに行っても、相手にされぬぞ」

「霞ケ浦や北浦、銚子へ荷を運ぶ店を調べてから参りまする」

意気込みは良いが、商いなどはしたことのない者たちだった。うまくいくとは思えない。しかし苦労をするのは悪くない。

「では行ってまいれ。ただ高岡藩の名を汚すようなことはいたすなよ」

「もちろんでございます」

　青山と植村は、勇んで屋敷を出ていった。


　正国が奏者番の役目を辞したことに、藩士の動揺は大きかった。青山や植村ですら、藩の行く末に不安を抱いて焦っていた。

　高岡河岸の利用が、正国のおかげで増えてきたのは間違いない。しかし退任が決まると、商人たちの動きは露骨だった。

「このままでは、まだ減るのではないですか」

　植村に言われて、青山は考えた。

「引き留められぬのならば、増やすしかあるまい。どうだ、やってみるか」

「ええ。やってみましょう」

　二人は意気投合した。正紀の許しを得たのである。

　屋敷を出て最初に向かったのは、深川仙台堀河岸の伊勢崎町だった。船問屋濱口屋へ行ったのである。店の前に、四百石積みの帆船が停まっていた。帆は畳まれていて、遠路の航行を終えたところかと思われた。

水手たちが、甲板の掃除をしていた。その話し声が、店の前にも響いてきていた。

仙台堀には、大小の荷船が行き来している。筏の類もあった。

霞ケ浦や北浦、銚子へ荷を運ぶ店を当たるといっても、それがどこにあるのか見当もつかない。調べ方も分からなかった。そこで濱口屋を訪ねることにしたのである。

濱口屋は多数の荷船を持って、利根川やその支流に荷を運んでいる。高岡藩とは縁が深く、河岸にある三棟の納屋の内の一棟は濱口屋の持ち物だった。

廻米の一件で、正紀が濱口屋の輸送に力を貸した。そのとき青山と植村も従っていたので、主人の幸右衛門とは顔見知りだった。

「ようこそお越しくださいました」

五十代半ばで、日焼けした精悍な面差し。やり手の商人として仙台堀河岸界隈では知らない者のいない旦那衆の一人だが、気さくに二人を迎えた。商談用の小部屋に通され、茶菓が振る舞われた。

青山は早速、正国が奏者番を退任することを幸右衛門に伝えた。

「ご大役を果たされたこと、祝着でございます」

どう思っているかは分からないが、正国の功を称える発言をした。驚きはなかった。すでにどこかで聞いていたらしかった。

廻船は、多種類の荷を運ぶ。商売相手は多数あるから、情報も入りやすいのだと思われた。

「それでな、高岡河岸を使う者が減った。致し方ないが、増やせるならば増やしたい」

見栄を張るところではないので、青山は正直に伝えた。

「まことに。うちも一軒減りました」

正国辞任の報は、関係する商人の間には瞬く間に広がったのだと青山は知った。

「これは畏れ入った」

聞いていた植村が、驚きを言葉にした。

「しきりに広めている者もいるようです」

「嫌なやつだな」

と口にしてから、話を広めているのは柴垣屋ではないかと考えた。園枝とのつながりを考えれば、ないとはいえない気がした。

ただ濱口屋の納屋から手を引いた者が一軒だけというのは、幸いだった。幸右衛門は、藩のご用達商人だけを相手にしているわけではなかった。それらの客には、正国が奏者番であるかどうかは関係ない。高岡河岸の納屋について、濱口屋は安定した利用客を摑んでいた。

　高岡藩では、濱口屋から安定した運上金と冥加金を得ている。納屋貸しが利を生むことは分かっていた。だからこそ自前の納屋を活性化させたいのだった。

「なるほど。高岡河岸を使いそうな問屋を、知りたいわけでございますね」

　幸右衛門は、二人の来意を理解したらしかった。

「そうですなあ」

　しばし考えるふうを見せてから、幸右衛門は六軒の醬油や塩、繰綿(くりわた)を運ぶ問屋を教えてくれた。とはいっても、紹介ではない。すでに利用する納屋は決まっている店だ。青山と植村が行って、一から交渉をしなくてはならない相手だった。

「かたじけない」

　それでも、闇雲(やみくも)に回るよりは無駄が省ける。

　まず足を向けたのは、同じ深川の油堀(あぶらぼり)河岸にある醬油問屋井崎(いざき)屋だった。幸右衛門の話では、この店は銚子からの醬油を、取手(とりで)で鬼怒(きぬ)川や小貝(こかい)川方面へ行くものと関宿経由で江戸へ運ぶものとに分けるのだそうな。

「それを高岡河岸でやるのは無茶ではないでしょう」

　と告げられると、なるほどと思われた。

「いらっしゃいませ」

　井崎屋の敷居を跨ぐと、奉公人たちが声を上げた。間口五間（約九メートル）の老舗といった風格のある店だった。濃い醤油のにおいがこもっている。

　青山と植村は、番頭を呼んでもらった。身分と名を告げた上でである。初老の番頭は、見知らぬ侍二人の訪問に、何事だという顔をしていた。上がれとは言われない。上がり框に腰を下ろして話をした。

「当家は、利根川の高岡河岸に納屋を所有しておる。建てたばかりの新しいものだ」

　高岡がどこにあるか分からないというので、場所の説明をした。その上で、幸右衛門から教えられた、河岸場の利用法を伝えた。

「いかがでござろう。当家の納屋を使うわけにはいかぬか」

　これでも青山は、丁寧に言ったつもりだった。ただ商人ではないから、何度も頭を下げることはしなかった。

「いや。私どもでは、荷の置き場には難渋しておりません。高岡河岸もよさそうではございますが、取手を使うことで充分に用は足りております」

「そ、そうか」

「わざわざのお運び、ありがとうございました」

　番頭は丁寧に頭を下げた。帰れ、という合図だった。

　破落戸ではないので、居座ったり無理強いしたりはできない。やむを得ず店を出た。

　次は、油堀河岸の佐賀町にある魚油屋へ行った。ここも体よく断られた。さらに一軒回ってから、永代橋を西へ渡った。

　向かった先は、浜町河岸の塩問屋紀州屋である。

「うちでは、親の代から使う納屋は決まっています。使用料を半額にでもしていただければともかく、そうでなければ替えられません」

「半額とは」

　それでは話にならない。一軒くらいかまわないという気持ちがどこかにはあるが、それを認めてしまうと、前から通常の代を払っている他の者たちは収まらないだろう。

　幸右衛門に教えられた店の最後は、東堀留川河岸の野尻屋という地廻り酒を扱う問屋だった。

　ここも活気のある店だったが、慇懃に断られた。

「少しでもよいのだ。使ってみて、様子を見てはどうか」

　植村が、断ってきた番頭に対して粘った。五軒に声掛けして一つもよい返事をもらえなかった。苛立ちもあったのか、言い方もきつくなった。植村は見上げるような巨漢である。

「あいすみません」

番頭は、怯えた表情を見せた。

藩の名を挙げて交渉している。やり過ぎは禁物だった。青山は植村の袖を引いて引き上げた。

「どうもいけません」

植村はため息を吐いた。商人の真似事をしているから、どうしてもぎこちなくなる。幸右衛門に教えられた店だけでなく、他にも二軒の店の敷居を跨いだが高岡河岸の納屋を使おうという声はなかった。

次の日も、その次の日も歩き回ったが、少量でも試しに置こうという店は一軒もなかった。

三日目に歩いている途中で、青山は誰かにつけられている気がすることがあった。しかしせめて一軒だけでも約束を取りつけたい気持ちが強くて、気にはならなかった。仮につけられていたとしても、何の意味もない。

四

三月もいつの間にか数日が過ぎた。日本橋川からの入り堀である東堀留川の河岸道で、今日も六平(ろっぺえ)は屋台の甘酒売りで日銭稼ぎをしていた。

寒いうちは熱い甘酒は喜ばれたが、気候が良くなって売り上げが落ちてきた。そろそろ冷やした麦湯を売ろうかと、そんなことを考えながら近くの船着場に目をやっていた。

晴天の昼八つ（午後二時）頃だ。河岸場からは、荷運び人足(にんそく)たちの威勢のよい掛け声が上がっている。利根川流域から運ばれてきた地廻り酒が、荷下ろしされていた。ざっと見て、百樽ほどの量だ。野尻屋という地廻り酒問屋が仕入れたものだ。

そこの手代が、指図をしている。

「うまそうだな」

六平は生唾を呑み込む。酒には目がない。下り物の酒は高くて飲めないが、利根川あたりの地廻り酒ならば、懐具合がいいときには飲める。

酒樽が入荷する様子を眺めるのは楽しかった。

荷船から下ろされた四斗の酒樽は、とりあえず河岸に積まれている。納屋に納める前に、すべての樽を船から下ろすことを優先させているようだ。一樽ずつ納屋へ運ぶよりも、その方が早く済む。ただ河岸に積み上げるのは町奉行所から止められていた。

「高積見廻りが来ると、面倒だぞ。さっさとやれ」

手代が声を上げている。町奉行所の役人に見咎められてはまずいと、店の者も分かっているようだ。

「さっさとやれっ」

面白がって見ている野次馬もいた。同じ樽でも酒樽だと、それだけで気になる連中だ。

河岸の道だから、樽の脇を通ってゆく通行人は少なくない。天下の往来だ。その中には、年寄りや子どももいる。

そこへ二人の侍が現れた。中背と巨漢の、深編笠を被った侍だ。六平には、浪人者ではなく、主持ちの侍に見えた。すぐには通り過ぎず、二人は積まれた樽の様子を見ている。

「何だ、あれは」

不審な動きが気になって注視したとき、巨漢の方が積まれた樽に体をぶつけた。慌てて積んだからか、樽がいく分傾(かし)いでいるところだ。

見ていた六平は、どきりとした。崩れると分かった。

もう一人の侍が、さらに樽を後ろから押した。

「ぎゃあっ」

近くにいた者が叫んだ。積まれていた酒樽が崩れたのだ。樽と樽がぶつかる、鈍い音がした。一瞬のことである。箍(たが)が外れて、杉板と中の酒があたり一面に散った。他の樽は転がった。

幸い傍に人はおらず怪我人はなかったが、人に当たれば大怪我をするところだった。濃い酒のにおいが、あたりに広がった。

「おおっ」

店の者たちが駆け寄った。堀に落ちそうになった樽を、体で押さえた小僧がいた。まだぐらついている他の樽を、支えた者もいた。

「誰だっ、こんなことをしやがったのは」

叫んだ者がいた。しかしそのときには、深編笠の二人の侍は、その場から走り去っていた。

「何だと。河岸道に積まれていた酒樽が崩れただと」

町廻りをしていた山野辺は、知らせを受けて声を上げた。無茶な積み方をしていたのだろうとは、詳細を聞かなくても予想はついた。怪我人がなかったのは、幸いだった。

早速、東堀留川河岸へ駆けつけた。

辿り着いたときには、他の酒樽はすべて納屋に納められていた。箍の外れた一樽だけが、においを放ちながらその場に残っていた。

「惜しいことをしたもんだ」

「まったくだ。地べたに飲ませるならば、おれに飲ませればよかった」

野次馬が勝手なことを口にしている。

「すみません。急いでいたもので」

番頭は、山野辺の顔を見るなり頭を下げた。ここだけ見れば神妙だが、野尻屋はこれまでにも高積みで問題になることがよくあった。江戸には多数の河岸道があるが、どこにも無茶な積み方をする店があった。

野尻屋はその一つだった。怪我人はなかったが、山野辺は事を町奉行所に届けることにした。そして見ていた者から、事情を聞いた。昼日中のことだから、目撃していた者は多数いた。

「積み方も悪かったが、それだけで崩れたんじゃあねえんですよ。深編笠を被ったお侍が、わざとぶつかって崩したんだ」

十間（約十八メートル）ほどの距離から見ていたという、六平という中年の屋台の甘酒売りが証言をした。

「ああ、おれも見た。あれはわざとだ。間違いねえ」

横にいた荷運び人足も言った。わざと押し倒したというならば、見過ごせない話だ。たとえ侍でも、ひっ捕らえて裁きを受けさせなくてはならない。

「どのような侍か」

「二人です。一人は中背で、もう一人は相撲取りのような体をしていました」

「そうだ。でかい方が、体をぶつけたんだ」

甘酒売りの言葉に人足が続けた。

「巨漢か」

山野辺は、嫌な気持ちでその話を聞いた。思い当たる侍が一人いる。高岡藩の植村だ。とはいえ巨漢の侍は、植村だけではないだろう。

「顔は見えたのか」

「それが、深編笠を被っていたんでね。見えなかった」

他の者にも訊いたが、顔を見た者はいなかった。

「侍は、なぜそのようなことをしたのか」

意趣があってのことなのか、ただの悪戯なのか。山野辺はそこが気になった。まずは野尻屋の番頭や手代に問いかけた。

「お侍に恨まれるようなことは、ありません」

若い手代は言った。しかし番頭は、違うことを口にした。

「うちには二人のお侍さんが来て、店の荷を領地の河岸場に置かないかと話していきました」

「ほう」

その二人が、中背と巨漢だったという。

「前から使っている納屋がありますので、私はお断りしました。すると体の大きなお侍から睨まれました。断られたことに、腹を立てたのかもしれません」

「名乗ったのか」

「はい。ええと……」

番頭は少しの間、首を傾げた。そして思い出したらしく口を開いた。

「下総高岡藩の、確か青山様と植村様という方でした」

「その二人が、やったと思うか」

半信半疑で問いかけた。

「顔を見ていないので、はっきりは分かりません。でも河岸を使うのを断っていますので、嫌がらせをされたのかもしれません」

番頭は言った。ただ体形だけでいえば、そっくりだと言い足した。信じがたい成り行きだ。

そこで周辺の店にも行って、問いかけをした。間口六間（約十・八メートル）の繰綿問屋である。

「ああ。その二人連れのお侍ならば、見えました。高岡河岸の納屋を使わないかというお話でした」

片方が巨漢だったので、よく覚えていると番頭は言った。ただここでは断ったが、睨まれるようなことはなかったとか。

すべてではないが、利根川沿いから荷を仕入れている店には、青山と植村は姿を現していた。河岸の納屋を使う者が減ったので、利用客を求めて歩いたらしかった。

「きっと、あの侍たちに違いない。あんな体の侍は、めったにないからね」

「高岡藩のお侍は、無茶なことをするねえ」

そんな立ち話を、町の者たちはしていた。

五

正紀のもとへ、山野辺が訪ねてきた。暮れ六つ（午後六時）過ぎで、暗くなってから訪ねて来るのは珍しい。

山野辺の訪問ならば、何をおいても会わなくてはならない。客間に入ってその顔を目にし、深刻な表情に息を呑んだ。

「東堀留川河岸で、厄介なことが起こった」

挨拶もなく、まず口にしたのはこれだった。

「はて」

藪から棒に何を言うのかと、正紀は訝しんだ。高岡藩とは、何の関わりもない土地だ。何かあったと、報告も受けていない。

山野辺は焦る気持ちを抑えるためか、大きく息を継いでから口を開いた。

「そこで積まれた四斗の酒樽を、崩す者がいた。幸い怪我人はなかったが、何があってもおかしくはない出来事だった」

「………」

「白昼のことゆえ、見ていた者が複数いた。積まれた樽を崩したのは、中背と巨漢の主持ちの侍だったという」

「何と」

青山と植村の顔が頭に浮かんだ。正紀は山野辺から、詳しい事情を聞いた。

「界隈では、高岡藩士の仕業(しわざ)ではないかと噂されているわけだな」

「そうだ。その話は、広がっているぞ」

山野辺は脅しているわけではない。案じて知らせに来たのだ。

「しかし、確たる証拠があるわけではなかろう」

深編笠の中の顔を見た者はいない。また正紀には、青山や植村がそのような真似をするとは考えられなかった。

「だがこのままでは、噂が広がる。嘘(うそ)も語り継がれる間には、真実になるのではないか」

噂話は、尾鰭(おひれ)をつけながら広がって行く。町の噂が、いつか江戸城内での噂になるかもしれない。

「今日、青山と植村は屋敷にいたのか」

問われて正紀はどきりとした。尋問を受けたように感じた。

「いや、出かけていた。この数日、高岡河岸を使う商人を探すために、屋敷を出ていた」

正直に伝えた。

「話を聞こう」

と告げられて、青山と植村を正紀の御座所へ呼んだ。

二人は今日も、よい成果を得られぬまま、半刻（一時間）ほど前に屋敷へ戻ってきていた。正紀が、山野辺から聞いた話を、聞いたとおりに伝えた。

「そのようなことを、いたすわけがござらぬ」

話を聞いた青山と植村は、顔に怒りを浮かべた。

「念のためにうかがう。今日の昼八つ頃、お二人はどこで何をしておられたか」

山野辺は、気を使って言葉を発している。二人の人柄は知っているから、その場にはいなかったことを望んでいる。もちろん正紀も同様だ。

「昼八つ頃は、浅草寺(せんそうじ)門前界隈におり申した」

青山が答えると、植村が大きく頷いた。

「となると刻限からして、東堀留川には行けませぬな」

「無理でござる」

居合わせた者の顔に、ほっとした気配が浮かんだ。ただ山野辺は、町奉行所の与力らしいことを口にした。

「浅草寺界隈にいたことを、証言できる者はありますな」

「もちろんでござる」

回っていたのは西国から運ばれてきた太物(ふともの)を扱う問屋と、紙を商う問屋などだった。どちらも高岡河岸の利用については断られたが、訪ねたことは間違いないと言った。

「ならば行って、証言を取っておこう」

「そうだな」

正紀も山野辺に同道することにした。二人は急いで浅草寺門前の町へ出向いた。

まず太物屋の戸を叩いた。当然店は閉じられている。

「お上の御用だ」

山野辺は十手をかざして、出てきた小僧に告げた。番頭を呼び出したのである。

「ええ、お見えになりました。高岡藩の青山様と植村様、間違いなくその刻限でした」

今日のことだから、忘れはしない。植村の巨体も、忘れてはいないと告げた。高岡河岸は使用できないが、訪ねて来たことの証言はできると言った。

もう一軒、紙の問屋へも行った。こちらも店の戸は閉じていたが、山野辺が番頭を呼び出した。そして太物屋と同じ返答だった。

「よし。これでいい」

ほっとした顔で、山野辺は言った。これならば出るところへ出ても、潔白を証明できる。

「助かったぞ」

正紀は礼を言った。山野辺とは、それで別れた。

屋敷に戻って、二軒の証言がとれたことを青山と植村に伝えた。二人は落ち着かない気持ちで、帰りを待っていたようだ。事実を述べたのだが、証言する者がいなければ嘘と言われることもあり得る。それを怖れたのだ。

「酒樽を崩した二人は、高岡藩に濡れ衣を着せようとしたのでしょうか」

怒りをこめた声で、植村が言った。

「その方と似た体つきの者をあえて使ったとすれば、そう考えるしかあるまい」

青山と植村は、この数日の間に東堀留川界隈の問屋を回っていた。それがあるからこそ、高岡藩の名が挙がった。もうひとり、巨漢の主持ちの侍が、都合よくその場所で悪さをするなどまずあり得ない。

「どこかで相撲取り崩れの破落戸を拾い、武家の装束をつけさせたのでしょう。深編笠を被らせてしまえば、顔はもちろん髷などわかりませぬ」

　青山が言った。

「それにしてもやらせた者は、その方らが動いていることに、よく気づいたな」

　すると青山が、はっとした顔になった。

「思い出しました。あの界隈を回っているときに、何者かにつけられていると感じたことがありました。確かめもしませんでしたが、我らの動きを探っていたのに違いありませぬ」

「なるほど。こちらの動きを探って、意趣返しときたか」

　正紀も、怒りが胸に湧く。相手の狙いは、青山や植村ではない。正紀だ。

「やらせたのは、園枝ではないでしょうか」

　確信のある口調で青山が言った。

「おれが、依頼されたように動かなかったからだな」

　柴垣屋が、高岡河岸の利用を取りやめた。正国が奏者番を辞めることを言いふらし、河岸の利用をやめるように唆(そそのか)した気配もある。

　それだけでは、気が済まなかったというわけか。


　京の部屋へ行った正紀は、その日の出来事を伝えた。京が反応したのは、園枝が仕掛けたとおぼしい酒樽崩落の動機だった。

「正紀さまへの恨みだけでございましょうか」

　話を聞き終えた京は、首を傾げた。正紀が正国に奏者番辞任の慰留をしなかったとして、恨みを持ったのではないかという点についてである。

「正紀さまが殿さまのご辞退を止められなかったことを恨むならば、高岡河岸の利用を止めるだけで充分でございましょう」

「まあ、そうだな」

「奏者番の辞退は、高岡藩だけの問題ではありません。尾張一門が関わってのことです。園枝さまも、そのあたりの事情はお分かりでございましょう」

　言われてなるほどと思った。

「この度の件は、正紀さまというよりも高岡藩を貶めるためのことと存じます」

「うむ」

いつもながら京は、自分が気づかないことを口にすると思った。少々忌々しい。

「仮に高岡藩に関わりがないにしても、もう少しお調べになった方がよろしいのでは」

「分かった」

言われるまでもないと返したいところだが、その言葉は呑み込んだ。

次にこれを問われた。

「東堀留川界隈に広がった噂は、どうなりますか」

「明朝から山野辺の手先が、樽を崩した二人の侍を改めて捜す。その折に、高岡藩の者ではなかったことを伝える」

「山野辺さまの手先が、酒樽を崩した者を必死で捜していたら、その姿を目にした者は、前の話が根も葉もない噂だったと受け取るでしょうね」

正紀は、「そこらへんの始末は、ちゃんとやっているぞ」という気持ちだった。

六

翌朝正紀は、青山と植村を御座所へ呼んだ。昨夜京とした話が頭にあった。次にまた、何かを企むかもしれない相手だ。酒樽崩落の件を、そのままにはできない。

「酒樽を倒したところで、その者に利はない」

「さようで」

「誰かがやらせたのは間違いない。その者を捜してみよ」

と命じた。

「はあ」

植村は困惑顔をした。悪巧みの親玉を捜し出せと言われたが、それにはまず深編笠の二人を捜す必要がある。手掛かりは一人が巨漢というだけだ。それではどこを探ればいいか、見当もつかないのだろう。

「園枝家の家臣か、それとも白河藩士か、あるいは浪人者を雇ったかとなろう」

「それはそうです。相撲取り崩れを雇ったことも考えられます」

正紀の言葉に青山が応じた。金を稼げる力士になれず、相撲部屋をやめた者は少なくないだろう。ただこれを一人一人当たるのは、手間がかかりそうだ。

戸惑うのは当然だ。

「まず園枝家に、巨漢の家臣がいるか検めよ。念のためだ」

「はっ」

「柴垣屋にも当たってみよ。巨漢の破落戸が、近くにいるかもしれない」

まずはそこから始める。東堀留川界隈の噂については、山野辺に任せる。

旗本園枝仁之丞の屋敷は、本所御竹蔵(ほんじょおたけぐら)の東にある。家禄五百五十石だから、小旗本とはいえない。辻番所で場所を聞いて、青山と植村は園枝屋敷の前に立った。

敷地は七百坪くらいか。片番所付きの長屋門である。このあたりには、御目見ぎりぎりの小旗本の屋敷もあるから、見ただけでそれなりの役に就いている者の屋敷だとうかがえた。門前の掃除も行き届いている。

しばらく様子を見ていると、侍が二人潜り戸から出てきた。二十代半ばの羽織を身に着けた者と、二十歳前後の若党といった気配の侍だった。

青山と植村は辻番所の陰に身を隠した。

「年嵩(としかさ)の方は、用人だな」

「若い方は、藩邸に現れたときに、門内の詰所で待っていた者です」

青山の言葉に、植村が応じた。ここで尋ねるわけにはいかない。向こうはこちらの顔を知っているかもしれない。また植村の巨体で、高岡藩の者と気づくだろう。

そこで二人が歩き去ってから、辻番所へ行って番人に問いかけた。

「今、園枝屋敷から出てきた二人をご存じか」

「あれは、用人色部平之輔様と、若党の岩下伊作という侍ですね。どちらも、なかなかの剣の遣い手で、用人の方は弓もやるらしい」

道具を持って出かける姿を、よく見かけるとか。

「それがしと同じような体形の家臣はいるのであろうか」

植村が問いかけた。

「いや。そういうご家来は、見かけませんね」

頭のてっぺんから足元まで、値踏みするように見てから答えた。家臣ではなく、出入りする者の中でも見かけることはないと付け足した。

それから両国橋を西へ渡って、浜町河岸へ出た。日本橋久松町の柴垣屋へ行った。活気のある店の様子だ。植村は前に、正紀と共にここへ来たことがある。

青山は、主人の利右衛門と番頭郁次の顔は見ていた。どちらも、屋敷に来たときに目にした。

「あの小僧に指図をしているのが、手代の朝吉です」

植村に教えられて、青山はその顔を覚えた。気迫のある若い者だと感じた。

店の者には訊けないので、木戸番小屋の初老の番人に問いかけた。

「大柄の人が出入りすることはありますよ。でもねえ、こちら様くらい体の大きな方が出入りするのは目にしたことがないですね」

番人は植村に目をやってから答えた。

「侍が出入りすることはあるのか」

「お大名様やお旗本様の御用を受けていますから、それはありますよ。でもその中に、大柄な人は、見たことがありません」

次に、柴垣屋から二軒置いた先にある足袋屋の手代に声をかけた。ここでも、大柄な侍の出入りはないと告げられた。ついでなので、他のことも尋ねた。

「郁次という番頭は、やり手か」

「まあ、そうですね。相手がお武家様でも、臆せず言うべきことは言うと聞いています」

「では煙たがられないか」

「さあ。でもお侍様とは、何度かお酒を飲んでいるのを見かけました。言うときは言うが、おだてるのもうまいということではないでしょうか」

飲んでいる相手は、いつも主持ちの侍だとか。見たのは、隣町のおかめという居酒屋だそうな。

そこで青山と植村は、居酒屋おかめへ行った。まだ店は開けていなかったが、女房らしい女が掃除をしていた。

早速、青山が問いかけた。

「ええ、一か月に一度か二度、見えますね。どこかのお旗本の用人で、色部様という方です」

名を呼び合うので、いつの間にか覚えたそうな。

「どこかとは園枝家ではないか」

「ああ、そうです」

柴垣屋の番頭が、園枝家の用人と酒を飲んでいたところで、とくに怪しむべきことはいえない。名の知られた料理屋で、高い酒を飲ませるわけではない。御用達商人の用人への接待といったところだろう。

巨漢の侍と店に来たことはないそうな。

「色部なる侍の他に、武家と飲むことはないか」

「それならば、たまに蜂谷(はちや)さまというご浪人と飲みにみえます」

「おお、そうか」

初めて、浪人者の名を聞いた。

「蜂谷とは」

「前に、柴垣屋さんで用心棒をしていた方です」

今は浜町河岸を北へ行った通油町の志野田屋という縮緬問屋で、用心棒をしているとか。そこで志野田屋へ行った。そこの小僧に、蜂谷を呼んでもらった。

三十代後半の歳で、眉の濃い頬骨の出た武骨な印象の浪人者だった。

「卒爾ながら、お尋ねいたす」

青山は下手に出て問いかけた。懐紙に包んだ小銭を相手の袖に落とし込むと表情が少し変わった。

「何か」

蜂谷は、巨漢の植村に目を向けながら言った。そこで植村は、黙礼した。怪しまれないようにと気を使ったようだ。

「この侍と同じような体軀の者で、日傭取りはご存じないか」

「何用でか」

わけを伝えなかったので、気になったらしい。

「ちと殿様への余興でな」

青山は口元に照れ笑いのようなものを浮かべて見せた。軽い口調だ。我ながら、よくできた芝居だと青山は満足した。

「両国橋の東広小路あたりで訊けば、分かるであろう。為造(ためぞう)という、相撲取り崩れがいる」

「ありがたい」

二人はすぐに、東両国へ足を向けた。橋袂(はしだもと)の広小路には屋台店や見世物(みせもの)が出て、老若(ろうにゃく)の人で賑わっている。

「いるか」

青山は植村に声をかけ、二人で広小路を見回した。巨漢だというからすぐに見つかるかと思ったが、捜せなかった。

そこで屋台で七味唐辛子を売っている親仁に尋ねた。

「為造なら一刻（二時間）ほど前に見かけたが、今どこにいるかなんて分かりませんよ」

と言われた。体つきを聞くと、植村とほぼ同じらしい。ならば為造は、東堀留川河岸で積まれた酒樽を崩した男かもしれない。この地の地廻りの子分だそうな。

「いそうな場所の見当がつくか」

「さあ」

そこで何軒かの、屋台店の親仁に声をかけた。七、八軒目で、安物の煙管（キセル）を売る屋台店の親仁に尋ねた。

「広小路に面したあの店とあの店との間に、路地がある。あそこを入ったところに、口入屋があってね。そこにいるかもしれねえ」

「そこは、為造のような者が集まっているのか」

「口入屋ですから、いろいろな人がやって来ますよ」

「このあたりの地廻りの、親分の家だな」

「まあ」

煙管屋の親仁は、否定をしなかった。とにかく口入屋へ行ってみた。

玄関の前には、三人のやくざ者らしい男がたむろしていた。

「為造に会いたい。呼んでもらえるか。蜂谷という浪人に言われてやって来た」

青山が伝えた。男たちは、巨漢の植村に目を向けた。舐めた態度は取らなかった。

建物の脇から、植村とほぼ同じくらいの体つきの男が現れた。向こうから為造だと名乗った。

「なるほど、いるところにはいるものだ」

青山は舌を巻いた。

「ちと話をしたい。付き合ってもらおう」

蜂谷という名が効いているのか、面倒そうな顔はしたが為造はついてきた。口入屋から離れた、人気(ひとけ)の少ない路地に出た。

「その方、昨日の昼八つ頃、どこにいた」

この言葉だけで、為造の顔色が変わった。

「知らねえ。あんたら、いってえ何者だ」

明らかに、動揺していた。

「東堀留川河岸にいたであろう。武家に身を変えてな。見ていた者がいるぞ」

そう告げると、逃げ出そうとした。その道を、植村が塞いだ。

「何をしやがる。この野郎」

この段階で、武家に対する下手な態度がなくなった。丸太のような腕で、植村に殴りかかってきた。びゅうと、風を斬る音がした。

けれども植村も負けてはいない。剣術はだめだが、膂力(りょりょく)では藩内随一だ。腕の太さも劣ってはいない。

植村の丸太のような腕が、襲ってくる相手の丸太を撥ね上げた。肉と肉とがぶつかる鈍い音がした。ただ植村の腰は据わっていた。受けた腕とは違う腕を、為造の下腹に繰り出した。硬い握り拳ができている。

「ううっ」

拳は、きっちりと下腹に入った。巨体がぐらついた。その隙を逃さない。新たな一撃を、相手の顎に打ち込んだ。これもぴたりと決まった。

「ぐえっ」

為造が後ろにのけぞった。その足を、植村は払った。巨体が地べたに転がった。その震動が、青山にも響いてきた。

植村は倒れた為造の腕を、後ろに回して捩じり上げた。こうなると、もう反撃はできない。為造は痛みで顔を歪めていた。

「昨日の昼八つ頃、その方は東堀留川河岸にいたな。積まれていた酒樽を崩したな」

「し、知らねえ」

往生際が悪かった。

「さらに痛めつけろ。骨を砕いて、使い物にならないようにしてやれ」

青山が命じると、植村はさらに力を入れた。容赦はしない。為造の顔がますます歪んだ。呻き声を上げたが許さない。

「や、やめてくれ。た、樽を崩したのは、間違いない」

ようやく白状した。しかしそれだけでは、植村は力を緩めない。

「誰に頼まれたのか。柴垣屋か、蜂谷か」

「そ、そうじゃねえ。柴垣屋なんて知らねえ。は、蜂谷でもねえ」

「では、誰か」

「知らねえ遊び人ふうのやつだった」

「世迷言を申すと、腕の骨が砕けるぞ」

青山の声で、植村の腕に力が加わる。為造の額に、脂汗が滲んだ。

「ほ、本当だ」

どうやら、出まかせを言っているのではなさそうだった。もう一人破落戸が雇われていて、その男と武家の装束を身に着け深編笠を被った。装束はすでに用意がしてあった。

「酒樽の荷が入って、河岸に積まれる。納屋に入れられる前に、そいつを崩せと言われたんだ。あの店は、荷下ろしした樽をしばらく河岸に置いておくってえことで」

まずは一分銀を受け取って、終わったところでもう一枚一分銀を貰う手筈になっていたとか。

ここまで白状させてから、青山は為造を山野辺へ引き渡すことにした。

第三章　門扉

一

　庭の桜が、開花を始めているのに気がついた。庭の景色がいつもと違う。それは色のせいだと気がついた。それまであった梅の紅や白とは違う。桜ならではの色だった。尾張藩上屋敷の桜より遅いが、自邸の桜だと思うと、愛しさも一入(ひとしお)だった。正紀は廊下で立ち止まって、その景色に気を取られた。

　そこで近づいてくる足音を聞いた。青山と植村が屋敷に戻ってきたという。佐名木の用部屋で話を聞くことにした。

　二人とも興奮気味だった。悪い知らせでないのは、その表情を見て分かった。正紀は佐名木と共に、為造を捕らえた顚末(てんまつ)を聞いた。

「やはり別の巨漢の者が植村になりすましていたか。捜し当てたのは、上出来であった。証言を得られたのも何よりだ」

　まずはねぎらった。

　ただ為造は、得体の知れない者に銭で雇われたに過ぎなかった。卑しい男だと責め立てたところで、雇った者が誰かは分からない。

「誰が雇ったか分からないようにして、事を進めたわけだな」

「柴垣屋の主人なり番頭なりが、直に会ってはいないでしょう」

　正紀の言葉に、佐名木が返した。

「したたかなやつらです」

「まあ銭で請け負った者は、すぐに口を割るからな。ただ番頭の郁次は、蜂谷なる浪人者から為造の名を聞いたのは間違いないぞ」

　これだけが、明らかだった。

「山野辺殿は厳しく責めるに違いないが、為造が真の依頼主を知らない以上は、柴垣屋との関わりを明らかにできません」

「もう一人の侍役をした者も、知らない者だと為造は話していました」

　青山と植村の言葉だ。

「柴垣屋が高岡藩を陥れようとしているのは、明らかだ」

「園枝家は、関わっているのでしょうか」

「そう考えるのが当然だろう。色部平之輔あたりが命じたのかもしれぬ」

植村の問いに、佐名木が応じた。

色部家は先代から園枝家の用人をしている。平之輔は馬庭念流の遣い手で、日置流の弓の腕前もなかなかのものだという。佐名木があらかじめ調べをしていた。

「主従で、白河藩上屋敷への出入りが多いとか。定信様や重臣に取り入っているという噂を聞きました。家中では、それを面白くないと見る者もあるようで」

「出世欲が強いのだな」

「色部は園枝家を大きくして、己の禄も増やそうというわけですね」

正紀に続いて青山が言った。

「さらに園枝家には、若党で岩下伊作という剣の遣い手もいる。色部の下で働いているぞ」

佐名木が言った。その二人の家臣の顔は、青山と植村は前に見ていた。

「岩下は、荒川上流にある園枝家の知行地から江戸に出てきたそうだ。元は百姓だが、腕は色部に鍛えられたようだ」

家老同士の付き合いで、佐名木は園枝家に詳しい者から聞いたとか。

「それにしても、腑に落ちぬことですな」

青山が言った。一同が顔を向ける。

「園枝が、殿を説得できなかった正紀様に腹を立てて仕返しをしようとしたのならば、愚かなこととはいえ分からぬわけではありませぬ。しかし高岡藩の名を貶める理由があるのでございましょうか」

「そうですね。殿はすでに、奏者番から降りられることが決まったわけですから、今さらという気がします」

青山の言葉を、植村が受けた。これは昨夜、正紀が京とした話と似ている。二人も同じことを考えたようだ。

「いや、そうとも限らぬぞ」

佐名木がやや考えるふうを見せてから続けた。

「我が殿は、病を理由にして奏者番を辞される。しかし病などでないのは、誰の目にも明らかだ」

「いかにも」

「しかしそれでは、定信様は面白くない」

「尾張は、定信様の後ろ盾にはならぬと、公に伝えるようなものだからな」

正紀が応じた。すぐに定信政権が危うくなるわけではない。しかし徐々に追い詰められる。尾張徳川家が背後にいないのならば、定信に与する必要はないと考える者も出てくるだろう。

「しかし家臣が不始末を起こして、役目を退かなくてはならなくなったという形になったら、いかがでございましょう」

佐名木はこれを言いたいらしかった。

「なるほど。尾張が定信様を見限った形にはならぬな」

「また定信様が高岡藩を庇えば、それは尾張徳川家への貸しになります」

「うむ。よく考えられているな」

佐名木の言葉に、正紀だけでなく青山や植村も頷いた。

「そうならば、やつらの相手は、もうおれではなくなる」

得心がいった。京と昨夜に話したことが頭に残っていた。それが解決した。

「となるとまた、やつらは何かを仕掛けてくるかもしれませぬ」

青山が言った。

「殿にもお伝えした上で、江戸藩邸の藩士を集めましょう。そして事情を伝え、やつらの術中にはまらぬよう、一人一人慎重に動くように申しつけましょう」

佐名木が言った。

正式な退任の日は、三月二十四日だ。それまでは、落ち度があってはならない。これは単に高岡藩だけの問題ではない。尾張一門に関わることだった。

もう一つ、正紀には気掛かりなことがあった。松平信明の動きについてである。信明の政に対する姿勢や考えは、定信と重なる。

「何をお考えなのか、気になりますな」

正紀が信明について口にすると、佐名木が返した。青山や植村も頷いている。

「おれに園枝を紹介してきたのは、家臣の広瀬清四郎だった。あのご仁は、卑怯な真似をする者ではないし、道理もわきまえている」

これは囲米の騒ぎがあったときに、実感した。助けてももらった。

「さよう。ですが吉田藩士である以上、信明様の言いつけには何であれ従わなくてはなりませぬ」

「それはそうだ」

意に反することであっても、主の言いつけを守る。そのためには、己の命さえ投げ打つことができる者だと感じていた。

「話を、聞いてみてはいかがでしょうか」

植村が言った。

「何を尋ねても、主家が不利になることは一切口にしないであろう。しかし話せることは、あるかもしれぬ」

問いかけてみようと、気持ちが動いた。

園枝は定信の気持ちを忖度して動いているのだとしても、四斗樽の崩落はやり過ぎだ。下手をすれば人の命を奪う。

吉田藩上屋敷へは、植村を使いに走らせた。すると翌日に、行徳河岸の船宿貴船（きふね）で会おうと広瀬から返答があった。

二

行徳河岸は、日本橋川に沿って細長く続く小網（こあみ）町の南端にある。下総行徳から運ばれてきた塩が、ここで下ろされる。それでこの名がついた。船着場だけでなく、塩を納める納屋も並んでいた。

ここはまた、遊里吉原（よしわら）へ出かける者たちが舟に乗るところとしても知られていた。

金のない者は江戸の北の外れまで歩くが、富裕な客は河岸にある船宿でくつろいでから、そこの舟で日本提(にほんづつみ)の船着場まで移動する。

その何軒かある船宿の内の一つが、貴船だった。この近くには高岡藩と縁の深い塩問屋、桜井屋があるので、正紀にとっては馴染みの場所だった。利用したことはないが、船宿貴船の建物には気がついていた。

ここの部屋は、吉原行きの舟を利用する者が使うのがほとんどだが、それだけではない。一刻部屋を賃貸しした。密会には適した場所だった。

伝えられた刻限に正紀が行くと、広瀬はすでに来て待っていた。

「多忙なところを、呼び立てていたした。お許し願いたい」

「いやいや」

正紀が詫びると、広瀬は首を横に振った。しかし虚心な様子には感じなかった。呼ばれた理由を、薄々感じているからだろう。

広瀬も多忙な身なのは分かるから、余計な話はしない。正紀はすぐに、東堀留川河岸であった酒樽が崩された一件についてと、為造を捕らえ尋問して得た供述までを伝えた。

為造に至るまで、柴垣屋の郁次の動きを洗ったことにも触れた。

「拙者は、園枝家の指図ではないかと考えておる」

正紀は言った。肝心なことを隠して話しても、意味がない。正直に伝えなければ、広瀬も腹を割って話すなどしないはずだった。

「そのようなことがありましたか」

まだ、知らなかったらしい。広瀬は少しの間考えるふうを見せてから、口を開いた。

「我が殿は、正国様が奏者番を退かれるにあたっては、無念の思いをお持ちでござる」

酒樽を誰が崩すように命じたか、見当がつかないわけがない。しかしそれについては触れなかった。園枝家が無関係だと思ったら、広瀬はそれを告げるはずだった。

「辞任を、引き留められなかったことをだな」

「ご賢察を、いただきます」

目は、その通りだと言っていた。そして腹を決めたように続けた。

「これは、尾張様と定信様の戦でござりまする」

「うむ」

そういう見方ができる、と正紀も感じた。それで胸が騒いだ。だとしたら高岡藩は、尾張一門の一員として戦うまでだ。

定信の施策には無理があり、宗睦の判断は間違っていない。

「信明様は、定信様のお考えに沿うおつもりなのであろうか」

「我が殿のお考えについて、それがしが申し上げることはできませぬ」

きっぱりとした返答だった。家臣としては当然で、腹は立たなかった。そこで話題を変えた。

「広瀬殿と園枝家は、御昵懇（ごじっこん）なのでござるか」

「とんでもない。我が殿が園枝様より幾たびか高岡藩への紹介を頼まれた。それでそれがしに、お鉢が回ってきた」

その思いが、あのときの表情に現れ出ていた。

「園枝殿のお立場を、信明様はご承知の上でそれがしのところへ寄こされた。これはそのお立場を明らかになされたものとも受け取れ申す」

正紀は思い切って言ってみた。返答がなくてもよいという気持ちだ。

信明が定信に与するならば、広瀬と自分は敵対する立場になる。惜しい気はするが、これも天命だと覚悟した。

「そのように受け取られるのは、致し方ない。ただ我が殿は、大きな力に呑み込まれるだけではござらぬ」

怯まない口調で答えた。具体的なことは言わないが、広瀬なりの思いが信明に対してあるらしかった。そこで訊いてみた。

「定信様は、直参を救うために棄捐の令を出すことをお考えだとか。それについて信明様はどのようなお考えをお持ちなのであろうか」

広瀬はやや考えてから言った。

「お考えは、述べられるべき場で、述べていらっしゃるはずでござる」

「なるほど」

具体的にどのような発言をしているか、分かっているかどうかは不明だが、軽はずみなことを口にしないのはいかにも広瀬らしかった。

「棄捐の令は、この秋に発せられる段取りでござる」

それだけは漏らした。


その夜、山野辺が正紀を訪ねてきた。ここまでの調べを伝えに来たのだ。

「改めて為造を責め立てたが、やはりあやつは、柴垣屋の者は知らないようだ。蜂谷からも、指図は受けていない」

「蜂谷にも、調べを入れたわけだな」

「もちろんだ」

蜂谷は、柴垣屋の郁次に為造のことを話していた。けれどもそれだけでは、郁次が指図をしたことの証にはならない。依頼をした者は、得体の知れない遊び人だから、柴垣屋とは繋げられなかった。

「そやつを捜したのだが、見つからなかった」

山野辺は悔しそうに言った。

「怪我人も出ていないからな、為造は五十敲き程度の処罰を受けるだけだろう。高岡藩士の仕業という噂も立ったが、そうでなかったことは町の者に伝わったようだ」

それでこの件は、解決してしまうことになる。釈然としないが、どうにもならなかった。

ここで山野辺は、話題を変えた。

「今、この屋敷へ来たときのことだが、侍が、この屋敷を探っていたぞ」

提灯を持っていなかった。淡い月明かりだけで、長屋門を注視していたという。山野辺が現れたので、慌てたように立ち去ったそうな。

「どのような侍か」

「暗いので、顔は見えなかった。ただちらと見た限りでは、あれは主持ちの侍だな。

浪人者ではない」

「園枝家の者ではないか」

思いつくのは、それしかない。

「何かを企んでいるのではないか。気を配らねばならぬぞ」

山野辺が言った。


夜、いつものように京の部屋へ行った。まず庭の桜の話をした。

「時折、寒い日があっても、すぐに暖かい日となります。花は、日ごとに開いていきますね」

「うむ。庭の様子が、少しずつ変わっていくな」

朝起きて、庭の桜がどうなっているか。変わっていく姿を見るのが、楽しみだと京は言った。それから目を輝かせた。

「孝姫が、うつぶせになって首を持ち上げました」

「そうか、首をか」

今はすやすやと寝ている。

「はい。お見せしたいくらいでした」

寝ているのを、起こすわけにはいかない。しかしこれまでできなかったことが、できるようになってゆく。それは話で聞くだけでも喜びだ。寝ている姿に目をやると、昨夜よりもわずかに大きくなっている気がした。

「孝姫も、日ごとに成長をしてゆくな」

二人で肩を寄せて、赤子に顔を近付けた。正紀は今夜も、孝姫が吐く息を鼻で吸った。心地いい。

それから、広瀬と会った話を京に聞かせた。

「尾張と定信さまの戦と、申されたわけですね」

京はその言葉に、気持ちが引かれたようだ。

「そうだ」

「まことに、もっともなことでございます。今のところ高岡藩は、その先頭に立っているのでしょうか。ご用心くださいませ」

京と山野辺の言葉が、胸に染みた。またこれまで正国が担っていた役割の重さも考えた。奏者番という役割をこなしていただけではない。尾張一門の尖兵（せんぺい）として、幕閣の中に身を置いていた。

正紀はそのことに、今になって気がついた。

三

　翌朝、正紀は広間に家臣を集め、昨夜屋敷を探る侍があったことを伝えた。正国の許しを得て、佐名木が同席する中でである。

「何だ。ふざけたやつだな」

「酒樽を、崩すように命じた者か」

　家臣たちはざわついた。尾張と定信の関係までは伝えていないが、高岡藩や藩士の名が何者かによって貶められようとしていることは分かっている。その不満や怒りがあるのは間違いなかった。

「見張りと門番を増やしましょうぞ」

「次に現れたら、ひっ捕らえてやりまする」

　皆、意気込んだ。いつ自分が狙われるか分からない。酒樽でなくても、いつか何かで濡れ衣を着せられてはかなわないという気持ちだろう。

「しかしな、これであまり前のめりになってはならぬぞ」

　佐名木が気合を入れた。一同が佐名木を見詰める。藩士たちからの信用は絶大だ。

さらに続けた。

「警戒をするのはよい。しかし怪しいからといって、何もせぬうちに捕らえたり、刀を抜いたりしては、こちらの落ち度となる。何かあった場合には、指図を受けろ。また一人では外出をするな」

「ははっ」

自制せよということだ。見回りは慎重に行うこととした。屋敷周辺に常と違うことがあったら、他の見張り番に速やかに伝える。

青山は、植村や若手の藩士と話し合った。

「屋敷の外周りを見張るだけでは、まだるこしい」

「いかにも。企んでいるのは、園枝家と柴垣屋だ」

柴垣屋が、高岡河岸の利用を断ってきたのは、藩士ならば全員知っている。じっとしてはいられない気持ちなのだろう。

「ならば園枝家の用人色部と配下の岩下、柴垣屋の番頭郁次と手代の朝吉の動きを探ろうではないか」

「おお、そういたそう」

青山と配下の徒士組藩士は柴垣屋へ、植村と小姓組の藩士は園枝屋敷へ向かった。

「それがしも参る」

と口にした者が他にもいたが、まずは二人だけにした。大勢いれば目立つし怪しまれる。

青山は配下の藩士と共に、浜町河岸に立った。青山の顔は知られていると考えるべきなので、対岸から様子を窺った。

外側から見る限り、店に変わった様子はない。藍染の日除け暖簾（のれん）に、柔らかな陽光が当たっている。

それなりに客がやって来て、「いらっしゃいませ」の声が聞こえた。小僧たちが荷車を使って薪炭の配達をする。たまに見かける郁次や朝吉の姿は、商人らしいてきぱきとした動きに見えた。

「おや、郁次が出てきましたね」

「気をつけて、つけてみろ。行った先を確かめろ」

配下の藩士がつけて行った。つけるのは、一人だけだ。残った朝吉に動きがある場合を考えてのことだ。

半刻ほどして、郁次は帰ってきた。つけていた藩士も、戻ってきた。

「神田松枝町（かんだまつがえ）の小売りの薪炭屋へ行っただけです。どこにも立ち寄ることはありませんでした」

容易く何かが分かるとは思っていない。辛抱強く、見張るつもりだった。

青山は配下が見張っている間に、隣町の商売敵となる薪炭屋へ行って、奉公人から柴垣屋の評判を聞いた。

「近頃、ずいぶんと勢いが出てきました」

初めは当たり障りのない話しか聞けなかったが、三軒目に行った店では、関心を引く話を耳にした。

「あそこはもともと白河藩の御用達でしたが、定信様がご老中になってから、商いが大きくなりました。園枝様というお旗本が、口利きをしたようです」

知り合いの薪炭屋が、園枝のせいで顧客を柴垣屋に取られたとか。半年くらい前に、主人から愚痴を聞かされたそうな。

「その顧客は、白河藩に関わりのある店だな」

「ええ。白河藩のお屋敷に、品を納めている太物屋だったそうです」

「なるほど、園枝は柴垣屋の商いを大きくするために、力を貸しているわけだな」

ならば柴垣屋は、園枝に対して、見返りになることをしていても不思議ではない。互いの利益が絡んでいるならば、繋がりは濃いと考えられた。

植村と小姓組の藩士は、本所御竹蔵の東にある園枝屋敷の様子を窺っていた。朝のうちに、主人の仁之丞が登城をした。行列には、若党の岩下伊作が加わった。しかし用人の色部は、屋敷に残っていた。

それで行列は、植村が一人でつけることにした。小姓組の藩士は、色部が動いた場合に備えて、屋敷近くで見張りを続ける。

江戸城に着いた仁之丞は下馬札の前で馬から降りると、城内に入っていった。見送った家臣たちは、供待と呼ばれる建物の中で待つことになる。

とはいっても、登城した大名旗本の家臣すべてが入れる広さはない。岩下のような下っ端は、外の軒下などで待つ。お喋りをしたり、居眠りをしたりと過ごし方は様々だ。将棋や小博奕を始める者もいる。

植村も、殿様の供で下馬所まで来ることは多いから様子は分かっていた。岩下は朋輩と腕相撲をしたり書物を読んだりして過ごしたが、気になる動きはなかった。

他家に知り合いの者もいる。彼らと短い会話を交わすことはあったが、密談をするような場面は見られない。

八つ刻近くになって、仁之丞が城内から出てきた。家臣たちは行列を作り、殿様が馬に乗るのを待った。

一行が動き始めると、植村はこれをつけて行く。目立たぬように、充分に間を開けた。

「おや」

向かって行く先が、屋敷のある本所方面ではなかった。

「これは、何かあるぞ」

腹の中が熱くなった。見張りを始めた最初の日に、何か探り出せたら幸いだ。

向かった先は、駿河台の武家地だった。一行が立ち止まったのは、間口四十間（約七十二メートル）ほどもある屋根の出張った門番所付きの長屋門の前だった。家禄三千石以上の、大身旗本の屋敷だと分かった。

供侍が門番所に声をかけると、すぐに門扉が内側から開かれた。それでいきなりの訪問ではなく、初めから訪ねる予定だったことが分かった。

一行が屋敷の中に入ると、門扉は閉じられた。そこで植村は、近くの辻番所へ行って、番人の老人に屋敷が誰のものか尋ねた。

「御勘定奉行の久世広民様のお屋敷ですよ」

役目も名も知っていた。正紀の供で尾張藩上屋敷へ行った折に、遠くからその姿を見たことがあった。定信の財政面での補佐をする、側近といっていい人物だ。

しばらく様子を見ていると、駕籠の行列が現れた。供揃えの人数は、園枝の倍以上いた。駕籠は腰網代で、乗っているのはご大身の旗本だと思われた。

供侍が、門番所に声をかけた。

「柳生久通様のお越しである」

植村の耳にも、その声が聞こえた。再び門扉が内側から開かれた。この一行も、屋敷の中へ入っていった。

「何かの集まりだな」

と呟いてから、気がついた。久世や柳生は、定信が行う新たな施策について協議をしていると正紀から聞いていた。中身については聞かされていないが、その集まりなのかもしれない。

さらに見張りを続けると、一刻ほどで柳生の駕籠が出てきた。そして間を置かず、園枝の馬も姿を現した。

植村はこれをつけて、本所の園枝屋敷へ戻った。

あたりは暗くなっていたが、屋敷を見張っていた小姓組の藩士はまだ見張りを続けていた。植村は、久世屋敷へ行ったことを伝えた。

「色部は、どこにも出かけなかった。屋敷は門を閉じたままだった」

と告げられた。何かあってもなくても、見張って知り得た結果は、正紀と佐名木に報告された。

　何事もないまま五日が過ぎた。警戒と見張りは続けられた。園枝屋敷にも柴垣屋にも、特別な動きはなかった。高岡藩上屋敷の周辺にも、怪しげな者は現れなかった。

　植村と小姓組の藩士は、交代で園枝屋敷を見張っていた。植村が見張っていると、潜り戸から岩下が出てきた。

「おおっ」

　その姿を見て、見張っていた植村は声を上げた。草鞋履きの旅姿だったからだ。

「どこへ行くのか」

　早速植村はつけた。岩下は脇目も振らず足早に歩いてゆく。そして大川橋を西へ渡った。

　浅草寺門前界隈の町に出たが、繁華な場所へは向かわず、浅草川の船着場で足を止めた。船着場には、俵物の荷を積んだ三百石の荷船が停まっていた。

　岩下は、荷船の船頭らしい男に声をかけて船に乗り込んだ。この船で江戸を発つのだと推察できた。

「この荷船は、どこへ行くのか」

船着場にいた荷運び人足に尋ねた。

「荒川を上って行くんですよ」

行き先は分からないが、豊川屋という船問屋の荷船だと分かった。

「豊川屋というのは、どこにあるのか」

「駒形町です。荒川や都幾川へ荷を運んでいます」

そんな話をしている間に、岩下が乗り込んだ荷船が船着場を出ていった。瞬く間に大川橋を潜って、川上に進んでいった。

植村は、駒形町の豊川屋へ行った。豊川屋は店といっても、物を売るわけではない。土間には人気がなく船具が置いてあるばかりだった。声を掛けて出てきたのは、中年の肥えた女房らしい女だった。

「今そこの船着場から、三百石積みの俵物を積んだ荷船が出た。どこへ行ったのか」

女房は、いきなり現れた巨漢の侍に驚いたらしいが、怖がったわけではなさそうだった。植村の身なりは粗末だが、乱れていたり垢じみたりしたものではないからかもしれなかった。

「荒川のいろいろな河岸に寄って、荷を積み下ろしします。最後は上流の寄居の末野河岸で荷を下ろして、そこからまた荷を積みながら江戸へ戻ってきます」

「その船に、旗本園枝家の家臣が乗り込んだ。存じておるか」

「はい。うかがっています。昨日のうちに、中間の方が知らせてきました」

そういえば、若い中間が屋敷を出ていった。しかし色部や岩下ではなかったので、つけなかった。

「どこまで行ったのか」

「大芦河岸です。鴻巣宿と大芦河岸の間くらいに、園枝家の知行地があります」

「なるほど、そうか」

旗本の家臣が知行地へ出向くのは、当たり前の話だ。

「その家臣は、大芦河岸へはよく行くのか」

「年に、二、三回くらいです。知行地の名主に、文などを届けているようです」

だとすると、高岡藩へ何かをするための動きではないと察せられた。

植村は屋敷に帰った折に、この件を正紀と佐名木に伝えた。

四

この数日、ときとして春の強風が吹いた。通りに水を撒いても、すぐに乾いて土埃が舞った。外で見張りをする者には辛い。したがって三、四日は緊張感があった。しかし五日目になると、気持ちに緩みが出始めた。

「何だ。何事も起こらないではないか」

と口にする者が現れた。

「気を抜いてはならぬ」

耳にした佐名木が、ぼやいた藩士を叱りつけた。


六日目の夕刻、色部が園枝屋敷を出た。見張っていた植村が、これをつけた。東両国の広小路まで来たところで、植村の前に、酔っ払いが現れた。

「ひっく、あいすいやせん」

酒の臭いが、鼻を衝いた。やっと歩いていたのがぐらついて、植村の体にしがみついてきた。

「何をする」

植村は焦った。人込みの中に、色部の姿が紛れてしまいそうだった。

「い、今どきやす」

と言いながら、まだしがみついていた。植村は突き飛ばしてやろうかと思ったが、相手はただの酔っ払いだと堪えた。しかしようやく体を引きはがしたときには、色部の姿はどこにも見えなくなっていた。

「くそっ」

毒づいたが、邪魔をした酔っ払いの姿もなくなっていた。

そして同じ日、柴垣屋の郁次も夕刻になって店を出た。つけたのは、青山配下の徒士組藩士だった。西両国の広小路で、人に阻まれて見失った。

色部と郁次は一刻半（三時間）ほどして、それぞれの屋敷と店に戻った。

「いよいよ、何かをしてくるぞ」

報告を受けた正紀は、佐名木に話した。藩士にも伝えて、気を引き締めるように命じたのである。

しかしそれから二日、何も起こらなかった。色部も郁次も動かない。ただその間、庭の桜は七分咲きになった。

風は強いが、南からの風だった。

「動きがないにしても、他の家臣や奉公人を使って何かを企むかもしれぬぞ。油断はするな」

正紀は家臣たちに伝えた。同じことを、京にも話していた。

「我が殿の行列で、つまらぬ騒ぎがあってはなりませんね」

京がそんなことを口にした。思い付きには違いないが、正紀の胸にすっと冷たい風が吹き抜けた。ないとはいえないからだ。

正国の辞任は決まっているが、それまでは奏者番として登城をする。その道中で悶着があって、こちらの落ち度となるようなことがあったら、自ら辞めるのではなく罷免となる可能性があった。

尾張一門としては、不都合な辞め方だ。反定信の旗印を、鮮明に示せなくなる。

「分かった」

登城の行列では、これまでより供の数を増やすことにした。ことがあったら、正国をその場からどう引き離すか。それぞれの役割についても、話し合いをした。

まさか大名の行列を襲うまではしないだろうが、何かあったら厄介だ。

「なによりも事を起こさせぬのが肝要でございます」

佐名木の言う通りだ。だがやるのはたいへんだぞと正紀は思う。

さらに二日後。この日も朝から強い風が吹いていた。この半月以上、雨が降っていないから、土埃が風が吹くたびに舞った。

夕方、井尻のもとへ門番から知らせがあった。

「肥桶を運ぶ汲み取りの者が通りました」

「何だと」

些細なことでも報告しろと伝えていたが、そんなことまで知らせてくるのはやり過ぎだと感じたのである。大名屋敷にも、糞尿を集める汲み取り屋はやって来た。

引いてゆく荷車には、四つの肥桶が積まれていたそうな。

「いつもの者とは、違うようです」

高岡藩の用を足す者ではないとか。とはいえ臭うから、門番も近くへは寄らなかった。

「それでどうした」

何かをする気配があるならば、放っておくわけにはいかない。

「そのまま通り過ぎました」

「ならばよかろう」

井尻は、それが大事になるとは考えなかった。一応聞いたことにして、特別の対応はしなかった。

同じ日の夕刻、柴垣屋を見張っていた青山と配下は、目を瞠った。色部が店へやって来たからだ。出入り先の用人だから、やって来ること自体は不思議ではないが、何事だという気がした。

たまたま店の前にいた郁次と少しばかり言葉を交わしてから、店の中に入った。そしてそれを待っていたかのように、見張っている場所に、植村がやって来た。屋敷から色部をつけてきたのである。

「屋敷を出て、どこにも寄らずにここへ来ました」

まかれぬように注意をしたが、色部は堂々と歩いてここまでやって来た。

「何やら郁次は、出迎えたようにもうかがえたぞ」

これは見ていた青山の感想だった。配下の藩士も頷いた。

柴垣屋は、それから間もなく戸を閉めた。植村も加わって、店の様子を眺めた。

「何かの打ち合わせでしょうか」

そろそろ何かありそうだと言われているから、植村はどこか苛立った口調だった。

色部は一刻半ほどして、郁次と一緒に店から出てきた。二人とも、酒を飲んだ気配があった。また少しの間そこで話をした。そして提灯を手にした色部は、夜の道を歩き始めた。

植村がそれをつけて行った。

郁次はすぐに店に入った。他の奉公人は、その間一人も外に出なかった。このときには、五つ（午後八時）を過ぎていた。

青山と配下の藩士は、それで下谷広小路の高岡藩上屋敷へ引き上げることにした。夜も更けている。闇の空で、風が鳴っていた。

上屋敷のある道に出た頃には、すでに四つ（午後十時）の鐘が鳴っていた。藩邸の門前は月明かりも届かず、闇に覆われている。門番所には寝ずの番がいるはずだったが、しんとしていた。

「はて」

青山は呟いた。門前の闇の中で、何かが動いている。目を凝らした。

黒い装束の男が二人いる。一人が、大ぶりな柄杓（ひしゃく）のようなものを手にして何かしていた。青山は手にある提灯をかざした。四斗樽よりも大きい桶から液体を汲んで、門に撒いている。

そして寸刻後のことだ。

「わっ」

青山は声を上げた。門に火がかけられたからだ。

折からの強い風。火は飛ぶように広がり、門は瞬く間に炎の屏風になった。門扉だけでなく、長屋門全体だ。撒かれていたのは、油だと気がついた。

それで門前が、昼間のように明るくなった。黒布で顔を包んだ男が二人、桶や大柄杓をそのままにして、この場から逃げ出した。闇の道へ駆け込んでゆく。

「追えっ」

驚きのあまり棒立ちになっていた配下に、青山は命じた。

「はっ」

配下は弾かれたように、二人の男を追って闇の中に駆け込んだ。青山がその後ろ姿に目をやったのはごくわずかな間だけだ。門番所へ駆け寄り、声の限り叫んだ。

「火が上がったぞ。付け火だぞ」

五

正紀は付け火の知らせを、京の部屋で聞いた。侍女が駆け込んできた。常にない慌てぶりだった。

聞いて一瞬、正紀は耳を疑った。大名屋敷に付け火をするなど、考えもしなかった。

「場所はどこか」

「表門でございます」

侍女の声は引き攣っている。

正紀は廊下に出た。門のあるあたりの空が、明るくなっている。

「よりによって門か」

正紀は呻き声を上げた。

防火は、武家も町人も常に備えておかなくてはならない問題だった。火事は屋敷を焼き、町を焼き、人々の命を奪う。出火したとなれば、公儀より咎めを受けることになる。

付け火であっても、警固が甘かったと責められる場合もあった。

「これを、お召くださいませ」

京が差し出したのは、刺子頭巾と火事羽織を始めとする消火の装束だ。草鞋も添えられていた。

「おお、手際がよいな」

京は床の間の脇の小簞笥から出した。万一のことを考えて、手の届くところに仕舞っておいたらしい。侍女には水を運ばせた。

手伝いがあって、身支度は速やかにできた。屋敷のあちらこちらで、叫ぶ声や乱れた足音が聞こえた。

「騒いではならぬ」

和の甲高い声が聞こえた。浮き足立つ侍女たちを、鎮めたのである。必死で上げる和の声を、正紀は初めて聞いた。その気丈さに驚いた。日頃は口を開けば不満ばかり漏らすが、さすがに京の母だ。

「すぐにおいでなさいませ。門を焼いてはなりませぬ」

支度が整い、運ばれた水を飲み干した正紀に京が言った。

「心得ておる」

正紀は一度京の手を握ってから、部屋を飛び出した。

高岡藩でも、大名火消と呼ばれる自衛の消防組織が備えられ、藩士がどういう動きをすればよいか、日頃の訓練はなされている。状況を把握し指図するのは正国だが、現場で先頭に立って指示に当たるのは、正紀や佐名木の役目となる。

表門の内側に駆けつけると、すでに火事装束を身に着けた佐名木が、藩士たちに指示を与えていた。炎は夜空を赤く染めているが、火はまだ内側には移っていなかった。

「門前に油を撒いた者がおりまする。火勢は強いですが、門を燃やしてしまうわけには参りませぬ。内側に移る前に、何としても消さねばなりませぬ」

佐名木が言った。強い風がある。門の外から、屋敷の敷地に向かって吹いていて、火の粉を飛ばしていた。屋根は瓦葺きだが、建物は燃えやすい木造だ。

何よりも大事なのは、門を守ることだった。門は、武家の格式と存在を示す。門の造りによって、その家格を伝えた。また武門や一門、家門といった言い方があるように、門は武家の血族集団の象徴として見られていた。したがってこれを焼失してしまうと、たとえ母屋を残していようと、御家を焼失してしまったとみなされる。

当然咎めも受けるが、武家としての面目を潰してしまうことにもなった。逆に言えば、門さえ残っていれば、母屋を焼いても焚火をしていたという言い訳が成り立つ。公儀からの咎め立てを受けないで済んだ。

正紀だけでなく、京や佐名木が門に拘ったのには、そういう理由があった。

「裏門から水を回せ。竜吐水を急げ」

青山が叫んでいる。

「門扉を開け、長屋門の屋根から水を落としまする」

「そういたそう」

佐名木の言葉に、正紀は頷いた。考えている暇はない。

「急げ、門の閂を外せ」

集まった者たちに、佐名木が命じた。門を開ければ、炎は屋敷内に入るが閉めたままでは消火活動ができない。

さらに数人の家臣が、長屋門の屋根に上がった。屋根には、大ぶりの天水桶が三つ用意されていた。これには、常に水が満たされている。

万一に備えての、佐名木の指図だった。

「ははっ」

門を焼いてはいけないという思いは、藩士一人一人の胸にもある。もたもたしていては門扉が崩れ落ちる。

三人の藩士が、閂にしがみついた。扉の隙間から、火の粉が噴き出してくる。しかしそれにかまってはいられなかった。ただ慌てているので、すぐには外せない。じりじりして待った後で、ようやく外せた。

「門扉を開くぞ。一斉にやれ。それと同時に、屋根の水桶を壊せ」

正紀が叫んだ。少しでも効率よく屋根の水を落とさなくてはならない。そこへ青山が指図した竜吐水も運ばれてきた。

「行けっ」

という合図で、門扉にしがみついていた藩士たちが、内側へ引いた。すると開きかけた隙間から、勢いのある炎が噴き出してきた。折からの強風が、それを煽っている。火の粉は離れた樹木の枝まで飛んだ。

門扉が開ききると、門内が昼間以上の明るさになった。炎の先が、正紀の側まで向かってきた。

このとき屋根の三つの水桶が、ほぼ同時に壊された。ざあと音を立てて、水が屋根から落ちた。さながら滝のようだ。同時に、竜吐水からも放水が始まった。

門扉が音を立てている。焼けた分厚い板が水を吸う音だ。

「おお、火の勢いが収まってきたぞ」

誰かが叫んだ。言葉通り、炎の塊が小さくなった。消えた部分もある。

「油断をするな。水をかけ続けろ」

正紀は叫んだ。もう屋根に水はない。この機に一気に消さなくては、炎は再び大きくなるだろう。

このときには若党や中間が、手渡しで手桶の水を運んでいた。この水も門扉を中心に浴びせられた。水をかけられるたびに、門扉はじいっと音を立てた。正紀には、それが門扉が立てる悲鳴のように聞こえた。

水をかけて火が消えかかっていても、ぼやぼやしていると、飛んできた新たな炎に舐められる。水は完全に消えるまで、かけ続けなくてはならない。

「わああっ」

水桶を運んでいた中間が、滑って転んだ。手にあった桶の水を、自分で被った。地べたは、散った水でぬかるんでいる。

しかしそんなことには目もくれず、他の者の動きは止まらない。

竜吐水の水が少なくなった。勢いのない水が出るばかりだ。すると手桶で新たな水を汲んできた者が竜吐水の水箱に、水をざぶりと入れていく。何人もが続いた。

その中に井尻の姿もあった。井尻は江戸勤番の上士だが、身分を越えて消火に当っていた。運んで来た水が、竜吐水の中に流し込まれた。すると弱っていた放水の勢いが回復した。

水の入った大ぶりな桶を運んで来た巨漢がいた。植村だった。いつ屋敷に戻ったかは分からないが、消火に加わっていた。

植村の顔は汗と飛沫（しぶき）で濡れて、炎を照り返している。さながら赤鬼の形相だ。体がふらついていた。いくら力自慢でも、大桶いっぱいの水は無理がある。

「やあっ」

その水を、火がまだ残っている門扉の端にぶちまけた。再び燃え盛るのではないかと気になっていた部分だ。

それで火勢が衰えた。

「もう少しだぞ」

正紀が気合を入れた。

植村が使った大桶に、再び水が貯えられてゆく。その間に、竜吐水から水がかけられる。再び大桶の水が撒かれると、門扉の火はどうにか収まった。だがそれで、ほっとしている暇はなかった。

「お長屋部分が、燃えています。炎が大きくなりました」

「よし、竜吐水をそちらへ回せ。植村の大桶にも、水を足せ」

正紀は門外に出た。ここにはまだ炎が勢いよく上がっている。気づかず放っておいたわけではない。ただ門扉だけは焼いてはならないという気持ちがすべてにまさった。だから人の手が少なかった。

人が集まると、状況が変わった。植村の怪力も、今夜ばかりは役に立った。再びばさりと、大桶の水が撒かれた。

そこへ高張提灯をかざした、火消装束に身を包んだ侍の一団が現れた。隣家の大名屋敷の火消の者たちだった。助勢に駆けつけたのである。

「ありがたい」

正紀と佐名木が駆け寄った。馬上の侍に謝意を伝えたのである。しかし正紀と佐名木は、ここで顔を見合わせた。思いは一つだ。他家に助勢を頼まず、高岡藩だけで消火をしようという決意だった。

火事を甘く見たのではない。ただ一番激しかった門扉の消火ができた。風向きさえ変わらなければ、類焼させることなく消すことができると踏んでいたからだ。

「焚火でござる」

正紀は、これを三度繰り返し叫んだ。高岡藩井上家の失火にはしないという意思表示である。

「あい分かった。では我らは手を下さず、見守るといたそう」

馬上の侍は言ってくれた。どうにもならなくなったときに、手を貸そうというものだ。

「かたじけない」

それで正紀と佐名木は、火の傍に戻った。長屋の火事は鎮火に向かっている。しかしここで、思いがけないことが起こった。

「風の向きが変わったぞ」

「おおっ」

火の粉が、通りを隔てた向かいの屋敷に飛び始めたのである。

「これはまずいぞ」

正紀は呻いた。たとえ門を守れても、隣家に火を移しては焚火にはならない。しかし藩士たちは、長屋の消火で手いっぱいだった。

「おのれっ」

と歯軋りをしたが、ここではっと思いついた。

正紀は納屋に駆け込み、前に商家から進物に受け取った大団扇を引っ張り出した。これならば、扇いで火の粉が飛ぶのを防ぐことができる。

肩に担いで、道に戻った。

飛んでくる火の粉が、隣に飛ばないように扇いだ。とはいえ、扇ぐことで、消えかけているお長屋の火を勢いづけてしまうわけにはいかない。

風の向きを計算しながら、大団扇を振った。大団扇は、振っているうちに重くなってくる。向きを考えながらだからなおさらだ。

続けていると、鍛えたつもりの腕が重くなり始めた。ただ火の粉の量が徐々に減ってくるのは幸いだった。

「消えたぞ。ようやく消えたぞ」

植村が声を上げた。さすがに疲労の色は隠し切れていなかった。この声を聞いた多くの者が、地べたにへたり込んだ。

正紀は加勢にやって来た大名家の火消たちのもとへ駆けた。

「かたじけのうござった。焚火は済みましてござる」

「それは何より。重畳でござる」

言葉を返した馬上の侍は、配下の者たちに合図をすると引き上げていった。正紀もここで、ようやく一息ついた。

六

付け火に遭ったのは、表の長屋門とその周辺だった。正紀と佐名木は、焼け跡を龕灯で照らして検めた。風はまだやまない。燃え残りがあれば、また火の手が上がるだろう。

怪しげなところには、改めて水をかけさせた。

門扉の前で、二人は顔を見合わせた。焦げたにおいが、鼻を衝いてくる。龕灯では全体が分からない。篝火(かがりび)を焚かせ、高張提灯を立てさせた。

「おお、これは」

消火の様子を見に来ていた正国が声を上げた。正紀も驚愕(きょうがく)した。門扉全体が黒焦げで、焼け爛(ただ)れた状態だった。黒く炭のようになっている箇所がいくつもあった。

さらに通りに面した長屋の部分も焼けていた。

「これでは、焚火と言ってごまかすのも憚(はばか)られるぞ」

正国と同じ思いを、正紀だけでなく門扉を目の当たりにした佐名木や他の家臣も持ったはずだった。

「武家としての面目が立ちませぬ」

青山が、呻くように言った。

「どうする」

正国の顔にも、焦りの色が浮かんでいた。夜間ではあっても、出火の事実は下谷広小路界隈では知られているはずだった。明朝様子を見にくる者たちに、焼け焦げた長屋門をさらすはめになる。

それでは門が残っていても、尾張一門である高岡藩井上家にとっては、堪えがたい屈辱だ。

「検めましょう」

どの程度に焼けたのか。それがはっきりしなければ、対処のしようがない。

正紀は、手を門扉にあてた。こすると焦げた表面が、指先にこびりついた。ぽろりと落ちる部分もあった。けれどもその先は堅かった。

脇差の先で、板をこすってみた。

「芯までは、焼けておりませぬ」

正国と佐名木も、脇差で確かめた。門扉は一寸（約三センチ）ほどの厚さがあり、焼けたのは表面だけだった。

周辺の柱や壁も検めた。

「こちらも同様です。門番所の格子だけは燃えて使い物になりません」

青山が声を上げた。

「他も同じです」

植村も叫んだ。

「格子はつけ直しまする。他は鉋（かんな）をかけましょう。かえって新しくなりますぞ」

佐名木が言った。

「よし。手分けをしてかかれ」

正国が号令をかけた。夜明けにはまだ間がある。それまでに、火事の跡を隠さなくてはならなかった。営繕の者が呼ばれた。門扉を外して事に当たる。

門扉は大きく、重さは尋常ではない。家臣たちは消火で疲労していたが、もう一働きしなくてはならなかった。

「抜かるな、気をつけろ」

藩士が集まって門扉を外した。

その間にも、屋敷内にある鉋や手斧、鑿（のみ）などが集められた。

指先の器用な、慎重な仕事をする者を選んだ。営繕に携わったことのない者も有無を言わさず当たらせた。

「丁寧に削れ。門扉は屋敷の顔だぞ」

他の者も、遊ばせてはおかない。門扉の周辺や長屋門の壁や曰（いわ）く窓などの焦げたところを削らせる。足りない道具は、脇差を使わせた。

暗くては、焦げ跡の具合も分からない。

「あるだけの篝火を持て。それに薪をくべよ。明かりを灯した高張提灯を立てよ」

正紀は命じた。手元を見るための提灯も持たせた。高いところで作業をするための梯子(はしご)も用意させた。

「ま、正紀様」

井尻が駆けつけて来た。半べそだ。

「どうした」

「これでは、薪や蠟燭(ろうそく)の代がかさみます」

「何を申すか」

正紀は声を荒らげた。しかしすぐに、昂(たかぶ)った気持ちを抑えた。井尻は、逼迫した藩財政を束ねる勘定頭として、意見を言ってきたのだ。

たとえこのような非常時であっても、それぞれの立場からの意見は無下にはできない。正紀は口調を柔らかくして告げた。

「これは付け火だ。高岡藩を貶めるために火を放たれた。たとえ門は残っても無様な姿をさらせば、なした者たちの思う壺ではないか」

井尻は顔を歪めたが、出かかった言葉を呑み込んだようだった。

「分かりましてございます」

そう言い残して、引き上げていった。

「慣れぬ仕事だ。怪我をするなよ」

正紀は声をかけて回った。板は水を浴びているので、削りにくい。

どれほどのときが過ぎた頃か、門扉に近い篝火のもとに飯台が置かれた。台所方から握り飯が運ばれてきたのである。

「おおっ」

いくつもの声が上がった。麦交じりの握り飯だが、目にした者は顔に喜色を浮かべた。正紀は、命じていなかった。

「腹が減っていたところだ」

「気が利くではないか」

藩士たちは集まって、握り飯を手に取った。口に出す者はいなかったが、空腹と疲れがあったのは間違いない。

「うまい。うまいぞ」

塩だけの握り飯だが、皆が頰張った。すべての者に行き渡ったことを確かめてから、正紀も一つ手に取った。

「これは誰の指図か」

運んで来た台所方の者に尋ねた。

「京様のお指図でございます」

「そうか」

ありがたかった。付け火の報を聞いて部屋を出るときに、京の手を握った。正紀はそのときの温もりと感触を思い出した。

自分と一緒に、京も戦っていたのだと気がついたのである。

明け方になって、ようやく作業が終わった。東の空から差し込む光が、手入れを済ませた長屋門を照らした。

「前よりも、新しくなりましたな」

「これで充分だ。その方ら、よくやった」

佐名木の言葉を受けて、正国が藩士たちをねぎらう言葉を発した。へとへとになって、しゃがみ込む者もいる。しかし一同の気分はよかった。家中を上げて、難局を乗り越えたのである。

第四章　若党

一

改修の済んだ長屋門の検めを済ませた正国は、湯殿を使った。体を清め、髷を整えた。その上で、行列を整えて登城をした。食事は済ませたが、睡眠をとることはできなかった。

奏者番としてのお役目を、果たさなくてはならない。

駕籠の中では睡魔に襲われたが、下馬所で降りてからは気持ちを引き締めた。しくじりがあってはならない。

廊下を歩いていると、すれ違う多くの大名や旗本は、これまでと同じような対応をする。黙礼には黙礼を返した。しかしたまに好奇の目を向ける者もあった。そういう者は、目が合うと自分から慌てて逸らした。

「あれは、昨夜の付け火の件を知っているな」

と正国は思う。しかし問いかけてこない以上、こちらから話題にするつもりはなかった。

ただ表門に付け火されるという事態は、尋常ではない。失火と取るか付け火と取るかは分からないが、何事があったかと気になるのは当然だ。

最初に問いかけをしてきたのは、松平信明だった。廊下で会って、すぐに向こうから近寄ってきた。

「昨夜は、ご難があったようで」

すでに火災を知っていた。案じる口ぶりだった。

「いや、ちと焚火をいたしました」

できるだけ平静を装って返した。

「なるほど。火の始末は、できたわけでござるな」

「いかにも。ついでに表門の手入れもいたし申した」

無事だということを伝えた。信明が誰かに問われたときに話すだろうと踏んだ上での言葉だった。

「それは重畳」

わずかに口元に笑みを浮かべ、信明は去っていった。

松平定信とは、家斉公が謁見を行う御座の間で顔を合わせた。打ち合わせのために言葉を交わしたが、火事について何かを口にしてくることはなかった。

信明が知っている以上、報告を受けていないはずがない。しかし知らぬこととしたのである。

園枝とは、役目を済ませた後の廊下を歩いていてすれ違った。正国に気づいた園枝の顔には、明らかな動揺が浮かんだ。だがそれは一瞬のことで、平素と変わらない顔になって黙礼をした。話しかけてくることもなく通り過ぎた。

下城の前に、正国は兄の宗睦の用部屋を訪ねた。鎮火の折と、修理が済んだ時点で藩士を走らせているので、状況は伝えられている。

「ご苦労であった。門を守れたのであれば、あとは問題ない」

宗睦は、すでに済んだことといった口ぶりだった。

「仕掛けたのは、園枝あたりか」

「証拠はありませぬが、おそらくそうかと。定信様がお命じになったかどうかは、存じませせぬが」

「あれは融通は利かぬが、そのようなまねはいたさぬであろう。園枝は門を焼けず、悔しがったであろうが」

「いかにも」

「これからも何があるか分からぬ。用心いたせ」

「はっ」

「物入りであろう。近日中に二百両を睦群に持たせる。用立てるがよい」

と言ってくれたのは助かった。井尻には、泣きつかれていた。


その頃高岡藩上屋敷では、正紀が佐名木、井尻、青山、植村と付け火について話をしていた。山野辺も、話を聞いて駆けつけて来ている。

「長屋門にかけられた火は、門扉だけでなく周辺に瞬く間に広がりました。大量の油が撒かれたものと思われます」

付け火の現場を見たのは、青山だ。その折の状況を説明した。逃げた二人を徒士組の藩士が追ったが、闇に阻まれて捕らえることはできなかった。戻った藩士は、消火に加わった。

「うむ。一升や二升の油では、あれほどには燃え広がるまい」

正紀が応じた。炎の大きさを見れば明らかだ。

「その油ですが、どうやら汲み取り屋に化けた何者かが、運んで来た模様でござる」

「ほう」

「空になった肥桶が四つ、門近くに放置されておりました」

糞尿を入れていた桶なのは間違いないが、調べると油だったことが分かった。それは佐名木も自ら検めた。

「大量に油を運べば怪しまれる。しかし肥桶に入れておけば、人は近寄らない。狡賢いやり方だ」

山野辺が言った。

「汲み取り屋のことは、それがしが見張りの者から聞いておりました。検めておくべきでございました」

井尻が悄然とした様子で言った。

「汲み取りの肥桶に火付けの油を入れるとは、普通は考えない。裏をかかれたわけだ」

「以後は、念には念を入れまする」

さらに井尻は、体を小さくした。

「付け火に関わったのは、二人です。肥桶を運んだ者が、同じ者かどうかは不明です」

「それは柴垣屋の者でございましょう」

　青山の言葉に、植村が続けた。

「園枝家の家臣とも考えられる。どちらにしても付け火は重罪ゆえ、簡単には引き受け手が見つからないのではござらぬか」

　山野辺が返した。家臣ならば、殿様の命を受けてやるだろうという含みだ。

「何としても園枝は、我が殿の奏者番退任を、藩のしくじりのためとしたいのであろう」

「それにしても、表門を焼くというのは大胆でございます」

　正紀の言葉に井尻が続けた。

「色部が、夕刻柴垣屋へ行ってときを過ごした。あれは今思うと、わざとらしいぞ」

「見張られていることを承知で、我らは火事には関わりがないと告げてきたように感じます」

　植村が、悔しそうな顔で正紀に応じた。屋敷に戻って来たときには、表門は火の海になっていた。腰を抜かしそうになったと告げた。

「そのあたりからも、園枝家と柴垣屋が図った企みと見受けられるが、証拠はない。しかしこのまま放置はできませぬ」

「いかにも」

佐名木の言葉に正紀が応じると、他の者も大きく頷いた。

「酒樽を崩したことも、表門の付け火も、やつらはしくじった。このまま引くとは思えぬ。ならばこちらは、何をするかだ」

正紀は一同を見回した。

「この度の付け火に関して、やつらを炙り出す手立てはある。あの大量の油をどこで手に入れたのか。また四つもの肥桶は、どこから調達したのか。まずはこのあたりから探れるのではないか」

「確かに江戸の町中に、肥桶などどこにでもあるわけではないですからね」

山野辺の言葉に、植村は同意した。

「さらにもう一つ、はっきりさせねばならないことがありますぞ」

と佐名木。

「何か」

「色部と郁次は、付け火には関わらなかった。やった者は他にいるはずですが、にわかに雇われた者だけで、大名屋敷に付け火などできないはずでござる」

「付け火の場で、指図をした者がいるな」

「さようで」

それが誰かと考えたとき、植村が口を開いた。

「江戸にいる者だと、付け火の折にどこにいたかとなりますね。夜間は町木戸が閉まっていますから、早朝に戻ることになります。しかしそれでは、木戸番に顔を見られる虞(おそれ)がありまする」

それを聞いて正紀の頭に浮かんだのは、先日江戸を出た園枝家の若党岩下伊作だった。

「ならば園枝家の岩下はいかがでしょうか」

青山は、正紀と同じことを考えたらしかった。

「あやつ密かに江戸へ戻って、付け火に加わっていたかもしれませぬ」

植村が興奮気味に言った。

「となると、岩下が江戸へ戻っているかどうか、確かめねばならないな」

これで調べの方向が定まった。

やることは三つだ。一つは肥桶の出どころを捜すこと。二つ目は、油の仕入れ先。

三つ目は江戸へ戻っているかもしれない岩下の行方を探ることだ。

肥桶捜しは青山が、油は井尻、岩下の行方は植村が中心となり、それぞれに助勢の藩士をつける。山野辺は適宜、力を貸すという段取りとなった。

二

翌朝、青山は徒士組の配下一人を伴って、柴垣屋のある日本橋久松町へ行った。肥桶を捜すとはいっても、どう捜せばいいのか見当もつかなかった。そもそも汲み取り屋が、集めた糞尿をどこへ持って行くのか、考えることもなかった。

たまに屋敷内で見かけると、においがきついので「早く行け」と思うだけだった。

しかし今は、それを追ってゆく身となった。

ただ捜す手掛かりを、まったく思いつかないわけではなかった。高岡藩上屋敷の汲み取りは、いつも決まった者がやって来ていた。町方でも、柴垣屋には毎回同じ者が汲みに行っているのではないかと考えたのである。

また柴垣屋一軒のために、わざわざ行くわけがない。町ごとに決まった者が行っているならば、自身番(じしんばん)で訊くのが手っ取り早いだろう。

「このあたりは、表通りも裏通りも、卯作という老人が買っていきます」

　糞尿は買い取った汲み取り屋が、近郊の百姓に転売する。有効な肥料になるからだ。藩邸でも、糞尿を売って得た金子は勘定方が受け取った。

　柴垣屋も、卯作が出入りをしていた。六十年配の、髪の薄い爺さんだそうな。書役に訊くと、卯作は四日前に、久松町界隈を汲んでいったとか。

「卯作と柴垣屋の郁次や朝吉は、親しいのか」

「さあ。汲み取り屋と親しい者なんて、そうはいないと思いますがね」

　立ち話をすれば、桶のにおいが鼻を衝いてくるだろう。

「卯作は、どこから汲みに来るのか」

「ええと。そうそう、猿江御材木蔵の東、洲崎村からだと聞いたことがあります」

　深川の東の外れから、汚わい船を漕いで浜町河岸までやって来る。その小ぶりな荷船に肥桶を積んで町を回るのだそうな。

　町の者は、汲み取り屋が来るのを待っている。たまったらさっさと引き取ってもらいたいからだが、それだけではない。代わりに銭をもらえるからだ。長屋の大家は、店子たちが出したものを売って馬鹿にならない実入りを得ていた。

「江戸の町や川は、卯作さんのような人が回るから綺麗なものです。道端の野良犬の糞だって、拾って持ち帰ります。その分だけ、量が増えますから」

書役は、当たり前のことのように言った。

青山と配下の藩士は、洲崎村へ足を向けた。猿江御材木蔵の先で、田畑の広がる土地だった。御材木蔵の東側に、竪川と小名木川を結ぶ堀が通っている。卯作の家は、その途中にあった。

周辺に農家はない。小屋よりはましな家と、肥桶を納める壁のない建物があった。肥桶が並んでいる。近くに寄ると、あのにおいが漂ってきた。

肥桶が並ぶあたりには、多数の銀蠅が羽音を立てて飛んでいる。

においを堪えながら、住まいらしい建物の戸を叩いた。出てきたのは、白髪の痩せた婆さんだった。

卯作に会いたいと告げると、仕事に出ていていないと返された。帰りがいつになるかは分からないと言う。

そこで婆さんに問いかけた。

「肥桶を四つ、買っていった者はいないか。あるいは盗まれてはいないか」

「そんなもの、わざわざ銭を出して買う者なんていませんよ。盗む者だって、いるわけがない」

婆さんは、声を上げて笑った。いきなり現れた侍が、あり得ないことを、大真面目な顔で尋ねてきたと思ったからに違いない。

「そうだな」

言われてみれば、もっともだった。

「では、浜町河岸の柴垣屋から、郁次や朝吉といった者が訪ねて来たことはないか」

「ないですねえ」

なぜそのようなことを訊くのかという顔だった。青山はかまわず、問いかけを続けた。

「集めた肥は、どこへ売るのか」

「うちでは、中川（なかがわ）の東にある奥戸（おくど）村あたりのお百姓に売ります」

村の者が、空桶を持って引き取りに来る。満杯の桶を渡し、空の桶を受け取る。

「行ってみるか」

「はい」

青山と配下は、奥戸村まで足を向けた。畦道（あぜみち）を歩いていると、肥のにおいがどこにいても漂ってきた。田にいた百姓に問いかけをした。

「ええ、卯作から肥を買っていますよ。でも肥桶がなくなったことはありません。まああんなもの、なくなっても困りませんが」

百姓は言った。四人に尋ねたが、肥桶を奪われたり売ったりした者はいなかった。

次に青山と配下の藩士は、園枝屋敷のある本所へ行った。屋敷近くへ行って、通りかかった新造に尋ねた。

屋敷界隈で汲み取りをするのは、鍬造（くわぞう）なる者だった。新造は、鍬造の住まいを知らなかった。そこでそう遠くない小禄の御家人の屋敷が並ぶあたりに行った。犬を連れて歩いていた隠居ふうの侍に問いかけた。これで五人目だった。

「鍬造の住まいは、本所の北の外れ小梅瓦町（こうめかわらまち）だ。見たところ歴（れっき）とした主持ちの方と存ずるが、あの者に何用でござろう」

不思議がった。

「いやいや、いろいろござってな」

いるかどうかも分からないが、とにかく行ってみた。町の名の通り、瓦焼き職人が多い土地だ。鍬造の住まいは、源森川（げんもりがわ）に接した町はずれにあった。

河岸で子どもが遊んでいた。鍬造はいるかと尋ねると、いるというので呼んでもらった。

「おれが、鍬造ですが」

中年のがっちりした体つきの男だった。

卯作の女房や奥戸村で尋ねたことと、同じ問いかけをした。

「まあ、売ってくれと言われたら、喜んで売りますよ。中身はともかく、使った桶を欲しいなんてえ話は聞いたことがありやせんね。盗られたってえ話も聞きません。もちろんうちでも、ねえですよ」

そう告げられると、青山は無駄なことをしている気になった。鍬造の言葉はもっともだと思うからだ。

「しかしどこかにはいるはずだ」

己を励ますつもりで、青山は口にした。

「お捜しになるんですかい」

よほどの変わり者だと思ったのかもしれない。鍬造は呆れた口調だった。

「汲み取り屋なんて、この江戸周辺に、どれくらいいると思うんですかい」

思いがけないことを訊かれた。

「せいぜい二、三十人か」

思いつく数を言ってみた。連れ立った藩士も、その程度だろうと口にした。

「そもそも、あまり見かけませせぬ」

するとが鍬造は、大きく首を横に振った。

「とんでもない。江戸には、とてつもない数の人が暮らしているんですぜ。それが老いも若きも、毎日せっせとひり出している」

「なるほど」

どれほどの人が住んでいるのか、青山には見当もつかない。

「汲み取り屋は、その肥を運んでいるわけですね」

感心したように配下が言った。汲み取り屋は、繁華な場所などにはいないから目立たないだけだ。

「あっしにも、どれくらいの数の者がいるか分かりませんぜ」

肥桶を扱うのは、それらの汲み取り屋だけではない。近郊の農村では買い取る者がいる。そんな中から四つの桶の出どころを探るのは、雲を摑むような話なのだと青山は理解した。

三

井尻は初めに、本所の園枝屋敷へ行った。見張りをしていた青山や植村は顔を知られている可能性があったが、井尻がここへ来るのは初めてだった。勘定方の若い配下の藩士を一人伴っている。役に立ちたいと言ってきた者だ。

付け火に使った四桶の油を、どこから手に入れたか。探るのは容易いことではないが、まずはここから始めることにした。

「近くの辻番所で訊くべきでしょうか」

「五百五十石でも、出入りの商人は少なくないだろう。外にいる番人が一軒一軒、分かっていると思うか」

井尻は答えた。それでも配下の藩士は訊きに行ったが、知らないと言われて引き上げてきた。門からやや離れたところで、人が出てくるのを待つことにした。中間が出てきたら、尋ねるつもりだった。

四半刻ほどして屋敷から羽織姿の家臣らしい侍が出てきたが、声はかけなかった。

「あれが用人の色部でしょうか」

耳にしていた年齢とは合う。配下の藩士が辻番所で訊いてきた。色部だと分かった。問いかけなかったのは正解だった。

そして少しして、中年の中間が出てきた。井尻は近づいた。

「卒爾ながら、お尋ねしたい」

井尻はまず、用意していた小銭の入ったおひねりを握らせた。中間は何事だという顔をしたが、おひねりは受け取った。

「こちらの屋敷が油を買い入れているのは、どこの店か」

「日本橋小網町の須田屋だと思うが」

何だ、そんなことか、といった顔で中間は答えた。

「かたじけない」

と告げると、中間は去って行った。

おひねりには、十文を入れていた。井尻にとっては、涙が出るほどの出費だ。藩庫の銭ではないからだ。少ない小遣いから捻出したのである。惜しいが、物入りな藩の銭を使うわけにはいかないとの気持ちがあった。

「拙者は金子のやり繰りを通して、藩の役に立つ」

という自負が井尻にはある。だから繰綿相場でしくじったときは、生きた心地がしなかった。

銭の力が大きいことは分かっている。ここではほんの少し探索が進んだことで、よしとした。

両国橋を西へ渡って、日本橋小網町へ向かった。日本橋川に接する町だ。三丁目には行徳河岸があるが、須田屋は二丁目にあった。

　店先にいた手代に声をかけた。ここでは、おひねりは渡していない。特別なことを訊くわけではないから、いらないと判断した。余分な銭は使わない。

「園枝様には、色部様を通して品を入れさせていただいています。まあ、お使いには岩下様がおいでになりましたが」

　手代は、何の疑問も持たない様子で答えた。

「どのような形で、品を入れているのか」

「納品は年に三度で、こちらからお持ちしております。最後は一月ほど前で、いつもと同じ量でした」

「園枝家としてではなく、色部殿や家中の者が買うことはなかったか」

「ありません」

「一斗や二斗でもか」

　一か所からまとめて買うとは限らない。分けて買う場合もあると想定しての問いかけだった。

「はい、ないですね。ただその程度の量でしたら、馴染みのお客様だけでなく、一見の方でもお買い上げいただくことは珍しくありません」

出入りの店で、四桶まとめて買えば怪しまれるのは当然だ。しかし分けて買ってもいないとなると、他で買ったか、それに関しては柴垣屋が用意をしたことになる。

浜町河岸の柴垣屋へ行った。

井尻は主人の利右衛門や郁次とは会っている。できるだけ気づかれたくないので、店の裏手に回った。木戸口があって、そこで様子を見ていると中年の女中が出てきた。買い物に行くらしい。

つけて店から離れたところで、若い配下の藩士に尋ねさせた。ここではおひねりを渡すように指示していた。これで二十文の出費となった。

「店で仕入れているのは、川田(かわだ)屋さんです」

という言葉が返ってきた。同じ久松町だ。そのまま歩いて、ここでは荷車に荷を積んでいた小僧に、井尻が声をかけた。

「柴垣屋さんには、いつもの量をいつもの時期に納めているだけです」

小僧は応じた。郁次や朝吉が買ってもいなかった。四桶はともかく、最近、大量に買った者はいないかと尋ねた。

「いますよ。寅造(とらぞう)さんが二斗ほど」

「おお、そうか」

何者かと気持ちが騒いだが、話を聞いてゆくと屋台の天麩羅屋だった。これでは話にならない。

周辺の町の油屋でも問いかけをしたが、探索が進むような返答はなかった。


植村は小姓組の藩士と、園枝家の年貢を運んでいる大川橋手前の船問屋豊川屋へ行った。園枝家の若党岩下伊作は、ここの荷船を使って江戸を発った。荒川を上って、園枝の知行地のある大芦河岸へ向かったことになっている。

岩下が乗り込んだ三百石の荷船が出航するのを、二人は見ていた。

「しかし実際に大芦河岸へ行ったかどうかは、分からないぞ」

「いかにも。途中で引き返すのは、容易いことだろう」

植村と同道の藩士は話し合った。豊川屋の船着場には、岩下が乗っていったものとは違う二百石積みの荷船が停まっていた。

船着場にいた船頭に問いかけた。

「園枝家の若党で岩下伊作なる者を存じているか」

「へえ。うちで年貢米を運んでいますからね」

年貢のときは、米俵と一緒に色部と荷船に乗ってくるとか。

「今は江戸を発っているが、戻ってきたという話は聞かないか」

「聞きませんね。行ったままではないですか」

船頭は返した。江戸へ戻るならば、いつも豊川屋の荷船を使うそうな。下りの荷船で送ったとは耳にしないそうな。

「密かに戻って悪事を働くつもりならば、馴染みの船問屋の船など使うわけがない」

「まことに」

二人は話した。

そこで周辺の船着場にいる荷運びの人足や、停泊している荷船の船頭や水手に尋ねることにした。

「園枝家の岩下という若党ですかい。さあ、知らないお侍ですねえ」

人足十人に訊いても、岩下を知る者は一人もいなかった。他の荷船の船頭や水手でも同じだ。

「これでは、調べようがないぞ」

気落ちした植村は、肩を落とした。

「いや、まだ豊川屋の荷船の水手たちには聞いておらぬ」

と告げられて、気を取り直した。船頭は岩下について、聞き漏らしているかもしれない。豊川屋の船着場へ戻った。

「岩下様ねえ。江戸へ戻ったなんて聞いていやせんが」

ここの水手ならば、岩下を知っている。

五人目で初めて、思いがけない言葉が返ってきた。

「平方河岸で、江戸に向かう船に乗るのを見ましたぜ」

「まことか」

川越と岩槻を繋ぐ街道が荒川とぶつかる場所にある平方河岸は、水陸交通の要衝として栄えた。江戸へ向かう荷船も、少なからずあるはずだった。

「遠くから見ただけですから、違うかもしれやせんが」

「いやそれだけでも、こちらは大助かりだ」

植村は胸を躍らせた。見かけた日を聞いた。

「ええと」

よく覚えていないらしい。荷船の動きを思い出させて、その日を特定できた。付け火があった、四日前になる。

「それならば、江戸で悪さができるぞ」

朋輩の言葉に、植村は頷いた。

「どこの船問屋の船か」

「あれは戸田屋の三笠丸だな」

戸田屋は、豊川屋よりも一丁（約百九メートル）ほど川下に店と船着場があるという。二人は勇んで、そちらへ向かった。

目指した船着場へ行くと、荷船は停まっていなかった。ただ数人の水手らしい男たちがたむろしていた。

「三笠丸は、今深川で荷下ろしをしている。これからまた荒川を上るので、おれたちは交代で乗るために待っているんですよ」

戸田屋では、運航によって水手は乗る船が変わるらしかった。そこで植村は、豊川屋の水手から聞いた日付で、平方河岸で若い侍を乗せなかったかどうか尋ねた。

「ああ、乗せましたよ。いきなりやって来て、乗りたいと言ってきやした」

「名は何という」

「そこまでは聞きません。駄賃さえもらえりゃあ、こちらはかまわねえんで」

外見を聞くと、岩下と重なる。

「顔を見れば、分かるな」

「そりゃあもう」

降りたのは、千住宿の船着場だったそうな。

「江戸まで来なかったとは、念入りではないか」

「人に見られないようにしたわけだな」

二人は話し合った。

千住宿で降りた後、どうしたかは分からない。しかしこれで、岩下が付け火に関わっていたことが濃厚になった。

四

山野辺は高積見廻り与力としての町廻りを、浜町河岸を中心に行った。柴垣屋は何事もないように商いを続けている。

付け火のあった一日のことを、山野辺は振り返った。

柴垣屋は、青山らが終日見張っていた。主人の利右衛門や番頭郁次、手代の朝吉など手代以上の者のあとはつけたが、不審な点はなかったと言っていた。見張っていることに気づかれていたなら当然だ。夕方色部がやって来て見せつけるような動きをしたのが、それを明かしている。

「ならば何の動きもしなかったのか」

と考えれば、違う気がした。大量の油を用意して運び、夜陰に紛れて火をつける。当日に、何の打ち合わせも準備もしないでできるとは思えなかった。

見落としがなかったとはいえないし、小僧が言付けに出たかもしれない。また他の手立てがあったのかもしれない。

「何しろ、向こうはこちらが見張っていることを知っていた。ならば裏をかけばいいだけの話ではないか」

と山野辺は考えた。だとすればどうするか……。

頭を捻りながら、敷地の周囲を回ってみた。それで店を囲む、裏通りの道筋が分かった。裏手の路地は一本道で、必ず店の前の通りに出なくてはならない構図になっている。

表通りから見えない裏手の店の敷地は、板塀で囲まれていた。木戸があって、裏からの出入りができる。通りかかった近所の者に木戸の使われ方について訊いた。

「客ではない出入りの商人や、女中や他の奉公人などがここを使って出入りしているようです」

裏木戸から外へ出た柴垣屋の奉公人たちは、一つしかない路地を経て表通りに出る。

だから青山らは、店とその路地を見張っていれば動きを確認できると考えたはずだった。けれども山野辺は、町方として日々過ごしているから、素直にはものを見ない。

「見張りがあることを分かっていたやつらは、どう動くか」

そこを思案した。するとすっと考えが浮かんだ。

久松町の町内ならば、親しくしていたかどうかは分からないが、すべての店とは知り合いだったはずだ。利右衛門は、町の旦那衆の一人である。

「それを使わない手はない」

山野辺は呟いた。裏手から何軒か先の店へ行って、そこを通らせてもらって表通りに出ればいい。見張りから気付かれずに通りに出ることができる。帰ったときも、その店を通って路地に出ればいい。

山野辺は、二軒先にある蠟燭屋へ行った。そこで予想したことを確かめてみた。

「柴垣屋さんの誰かが、うちの店を通って表通りに出たことはありませんよ」

という言葉が、番頭から返ってきた。

しかし三軒目の乾物屋で、望んでいた返答があった。

「そういえば、朝吉さんが通りましたね」

付け火のあった日の、昼下がりだ。

「やはり。それで朝吉は、いつ頃戻ったのか」

「さあ、うちは通りませんでした。表通りからお店に帰ったのではないですか」

表通りでは、青山らが見張っていた。帰った姿は見ていない。路地を使って表通りに出られる店をつけられることなく、朝吉は用を足していた。となると青山らは、見逃したのか。ないとはいえないが、青山は周到な男だ。

漏れなく訊いたが、朝吉が帰りに通った店はなかった。

同時に、他の者の動きについても訊いた。郁次も葉茶屋を使って表通りに出ていたことが分かった。ただこれは、一刻ほどで戻ったそうな。


正紀は夕刻、佐名木と共に山野辺を含めた聞き込みに出た者の報告を受けた。

岩下が江戸へ戻っている可能性が高いことや、郁次や朝吉が付け火のあった日に店を出ていた話は、成果として聞いた。青山や井尻の報告は、結果として手掛かりを得られなかったが、無駄だとは感じなかった。

「郁次や朝吉は、岩下と繋ぎを取ったのでしょうな」

「いかにも。色部や郁次が付け火の場にいなくても、充分な打ち合わせと支度ができていれば、門前で油を撒き、火をつけることはできたであろう」

佐名木の言葉に正紀が応じた。

「筋書きは見えたな。しかし確証は得られていない」

山野辺が言った。問題はここだ。

やつらの動きを、引き続き探るしかなかった。


夜になると、正紀は京にその日の出来事を伝える。伝えることで、改めて自分でも振り返った。抜けていることがあったら、補わなくてはならない。

話を聞き終えた京は呟いた。

「江戸へ戻った岩下は、どのように暮らしているのでしょうか。園枝家には、戻っていないでしょうから」

調べろと告げられたわけではないが、もっともな疑問だった。

京は思いついたことを口にしたのだろうが、まだその点については探っていなかった。手掛かりに限りがある今、欠かせない調べだと感じた。

それから孝姫の寝顔を見た。顔を近付けると、微かに寝息が聞こえる。近頃では、孝姫の吐いた息を吸うのが正紀の癖になった。

ほっとするからだ。

「おかしなことを、なさいますな」

京が首を傾げた。今まで呆れて見ていたのかもしれない。それで思わず正紀は口にした。

「そなたが寝ているときも、その息を吸うことがあるぞ。落ち着くからな」

言ってしまってから、まずいことを口にしたと気がついた。叱られたり馬鹿にされたりするかと思ったが、京は真顔になって俯いた。

少し気味が悪かった。

五

次の日、植村は正紀の命で引き続き岩下の行方を捜すことになった。江戸へ戻っていることはわかっている。昨日同道した小姓組の藩士とは別々に動く。同じ人物を捜すにしても、その方が効率がいい。もちろん何かあれば、力を合わせる。

青山は徒士組の配下と共に、朝吉を探れと命じられていた。

肥桶や油からでは、付け火の実行者を炙り出せなかった。そうなると、岩下を捜し出すのは重要な役目になる。だから植村は気合が入ったが、屋敷に戻っていない岩下をどうやって捜すのか手立てが浮かばなかった。

小姓組の者は、岩下の生まれ在所が荒川の上流玉作河岸だと、町の自身番から聞き出した。そこで同じ土地の出身者を当たると言っていた。浅草川の河岸場へ行って、荒川を上り下りする船頭や水手に訊くのだそうな。

同郷の親しい者ならば、数日くらいは住まわせるだろうという判断だ。無駄足を覚悟の聞き込みである。

ならば違う手立てで捜そうと、植村は本所の園枝屋敷へ足を向けた。とはいっても、何をするかという明確なあてがあるわけではなかった。

自分は膂力があっても、器用ではない。また人に上手に当たって、何かを引き出すことも得手ではなかった。ただ辛抱はできると思うから、園枝屋敷を見張ることにした。

岩下が戻って来たら捕らえるつもりだし、色部が出てきたらつける腹だった。しかし一刻半ほど見張っていても、門扉や潜り戸はぴくりとも動かなかった。主人の仁之丞は、今日は非番らしく登城もない。

それでも園枝屋敷を見張っていると、向かい側の屋敷から、二十歳前後の若党らしい侍が出てきた。裏門が、同じ通りの十数間ほど離れたところにある。

植村は、無駄だとは思ったがこの侍に声をかけてみることにした。岩下と同じような年頃だし、身分も同じようだ。知り合いならば、何か聞けるのではないか。

「卒爾ながら、お尋ねいたしたい」

まず頭を下げた。体が大きいというだけで、相手に威圧感を与えるのは分かっているので、怪しい者ではないことを伝えなくてはならなかった。

何事だ、という目を向けられたので言葉を続けた。

「園枝家のご家中で、そこもとと同じ年頃の岩下伊作殿をご存じか」

「ああ、存じておるが」

それで十文が入ったおひねりを握らせた。植村にしてみれば、大奮発だ。

「屋敷外で、岩下殿が出入りをしていそうな場所をご存じないか」

「そうだな」

おひねりを懐に押し込んだ侍は、やや考えるふうを見せてから口を開いた。

「回向院（えこういん）門前に若狭（わかさ）屋という煮売り酒屋がある」

岩下に連れられて、半年くらい前に飲みに行ったことがあると言った。

すぐに足を向けた。間口一間半（約二・七メートル）の、古材木で建てられた店だった。それだけに、うまいかどうかは別にして、酒や煮しめは安そうだった。

店にいた初老の女房に、旗本家の家臣で岩下伊作なる侍を知っているかと尋ねた。

「ええ、存じています。二、三年ほど前から月に二、三回くらいは来ますよ」

「一人で飲むのか」

「そういうときもありますし、二人のときもあります」

「相手は誰か」

「生まれ在所が近い、文助（ぶんすけ）さんという方です」

どこの土地かは分からないが、親し気に飲んでいるとか。

「文助とは、どういう者か」

「本所相生（あいおい）町の橘屋（たちばなや）という油屋で、手代をしています」

これは驚いた。思いがけないところで、油屋が現れた。

期待して、油屋へ走った。竪川河岸にある間口四間（約七・二メートル）の店だ。大店とはいえないが、まずまずの商いの店だと思われた。文助を呼びだした。

「へい。私と岩下さんは、村は異なりますが荒川の上流玉作河岸近くの出でして、気が合いました」

文助は、岩下との付き合いを否定しなかった。岩下は百姓の倅（せがれ）だったが、侍になりたくて、つてを得て園枝家の若党になったのだとか。二本差しとはいっても、園枝家を出たらばただの百姓になる。

　そこで植村は、一番知りたいことを尋ねた。

「岩下殿もしくは園枝家は、橘屋から油を買わなかったか」

「いえ、それはありませんでした」

「では居場所は分かるか。あの者はわけあって、屋敷を出ている」

「さて。お屋敷の他に、行くところはないと思いますが」

　文助は答えた。期待した分だけ、失望は大きかった。


　青山と配下の侍は、付け火があった日の朝吉の動きを探るべく、浜町河岸へ出向いた。

　朝吉は並びの乾物屋の店を使って表通りに出た。帰りは乾物屋を使っていない。ということは、付け火に加わった可能性もないとはいえなかった。翌未明に舟で戻り、路地から店に入ることは可能だった。見張りは置かれていなかった。

　柴垣屋では、裏木戸の閂をかけておかなければ済む。そしてこちらが問いかければ、都合のよいことを口にするのは見えていた。

　だから青山は、店の近くには寄らなかった。向こうでは、こちらの見張りを警戒している。顔も覚えられていると考えた方がよさそうだった。

　そこで足を向けたのは、浜町河岸沿いにある違う町の薪炭屋だった。商売敵ならば郁次や朝吉の動きなど、知らないはずだ。話などもしないだろう。しかしあくまでも念のため、二人で手分けして声掛けをした。

「番頭も手代も知っちゃあいますけどね。誰と親しいかまでは、分かりません」

　番頭に問いかけて、そっけなく返された。

　三軒目に行った店では、ご府内だけを巡る小型の荷船が荷下ろしをしているところだった。問屋から小売りの店へ、荷運びをする。薪炭だけでなく、米や酒、繰綿など荷船に載せられる荷ならば何でも載せる。遠方にはいかない船だ。

　荷下ろしが済んだところで、青山は船頭に問いかけた。

「その方は、柴垣屋の荷も運ぶのか」

「もちろん。頼まれりゃあ、どこの荷だって運びますぜ」

　炭俵も数が増えれば、荷車よりも船の方が早く楽に運べる。輸送の際には、朝吉も船に乗ると告げた。朝吉が乗るのは、主に本所深川方面だそうな。

「小売りの店だけではありませんよ。古くからの顧客のところは、薪炭屋でなくても三、四俵ならば運びます」

青山はそれで、思いついた。

「その中に、油屋はないか」

「ええと……。ああ、あります。本所相生町の橘屋さんです」

「おお、そうか」

ついに、辿り着いたぞという気持ちになった。他で聞き込みをしている配下を捜して、一緒に本所相生町へ向かった。

竪川の北河岸に出て少し歩くと、油商いの橘屋はすぐに見つかった。店先には小僧がいて、奥に中年の番頭らしい者がいた。さっそく青山は問いかけをした。

「ここでは、浜町河岸の柴垣屋から薪炭を仕入れているな」

「はい」

返事はしたが、怪訝（けげん）な顔を向けてきた。見かけない二人の侍の訪問に、驚いたらしかった。かまわず、青山は問いかけを続けた。

「この数日で、柴垣屋に油を売ってはいないか。一升二升という量ではない。大ぶりな桶で一つ二つ分以上だ」

四桶すべてをここで買ったとは限らないので、そういう問いかけ方をした。

「いえ、柴垣屋さんには売っていません」

「そうか」

　がっかりしたが、番頭は言葉を続けた。

「柴垣屋さんではありませんが、そこの手代の朝吉さんには四桶の油を売りました」

「なるほど」

　柴垣屋ではなく、朝吉が買ったという話だった。買った日にちを訊くと、付け火のあった前日だった。

「大量の油を買った理由を訊いたか」

「扱ったのは、手代の文助という者で、朝吉さんは手代ではあってもまともな商人だと話しておりました」

　その言葉を、信じたのだった。

　正紀は佐名木と共に、青山や植村らの報告を聞いた。

「文助は植村から尋ねられた折、園枝家か岩下が買ったかどうかを問われたので、ないと応じたのだ」

「朝吉のことを告げればよかった。言葉が、足りませんでした」

　植村は、残念そうに言った。

「しかしこれで、岩下も橘屋を通して油を買った朝吉と繋がるな」

「薪炭屋の朝吉が、なぜ大量の油を買ったのか。そこを責めたならば、やつは答えられないでしょうな」

「よし。朝吉を捕らえて、白状をさせようではないか」

佐名木の言葉を聞いて、正紀は腹を決めた。

六

正紀は青山と植村を伴って、橘屋へ出向いた。手代の文助がいたので、改めて問いかけをするつもりだった。山野辺にも、人をやって詳細を伝えた。

初めは問いかけに不審を抱いたらしいが、油が付け火に使われた虞があると伝えると、体を震わせた。

「正直に話さぬと、その方同罪になるぞ」

青山が脅すと、主人も出て来て「何でも話します」と言った。

朝吉に油を売った折の様子を聞いた。三人は、客間に通された。

「あの日、朝吉さんが急に訪ねてきました。いきなりでしたが、在庫はありました」

文助が答えた。脇で主人が、不安そうな眼差しで見詰めている。関わり合いになれば後が面倒なので、気になるのだろう。

「何に使うか、訊いたか」

正紀が問いかけて行く。

「大量の油でしたので、尋ねました。朝吉さんはにっこりして、これで一儲けする、というようなことを言っていました。買い取りを、誰かに頼まれたのだと思いました」

代金は、全額その場で払った。値切るようなことはしなかった。儲かったら、うまい酒を奢ると告げたそうな。

「橘屋が、どこかへ届けたのか」

「いえ、違います。朝吉さんが一人で、小舟を使って受け取りに来ました」

そのときは、肥桶ではなかったとか。

「どこへ運ぶと言ったか」

「それは訊きませんでした。まさか付け火に使うとは、考えもしませんでした」

自分は関わりがないと、伝えたいようだ。後半の言葉には、力がこもっていた。

「舟はどちらへ向かったか」

「大川の方へ行きました」

その様子は、主人も見ていたそうな。

ここまで聞いたところで、山野辺も姿を現した。正紀が、ここで耳にした内容を伝えた。

「これで充分であろう。朝吉を取り押さえよう」

四桶もの油をどうしたか。作り話をするのは難しいだろう。追い詰めることができるはずだ。

「大番屋(おおばんや)へ連れ出すか」

「いや、白状させてからの方が良かろう。どんな横槍が入るか分からないからな」

正紀の判断だ。

橘屋の小僧を使って呼び出すことにした。正紀らが行けば、怪しんで逃げ出すかもしれない。

「いったい、どのようなご用でしょうか」

一刻近くして、朝吉がやって来た。正紀や山野辺らが顔を見せると、背筋をぶるっと震わせた。

「おれたちが呼んだのだ。橘屋から、四桶の油を買ったことは相違なかろう」

朝吉はたちまち涙目になった。激しく首を横に振ったが、橘屋の証言があると伝えると渋々頷いた。

朝吉を、亀戸にある高岡藩下屋敷へ連れ込んだ。ここには、堅牢な牢舎がある。天井に明かり取りの窓があるだけで、空気の澱んだ牢舎内は薄ら寒い。

そこにある格子を目にしただけで、朝吉は腰を抜かしたらしかった。自分の足では歩けなくなった。

植村が朝吉を引き摺って牢舎に入れた。

「油を、何に使ったか。はっきり申せ」

正紀が尋問した。

「た、頼まれたのでございます」

「誰に頼まれたのか」

「い、いきなり、声を、か、かけられまして」

体の震えを止めようとしているらしいが、止められない。

「愚かなことを申すな。見も知らぬ者が、大量の油を、わざわざその方に買わせるものか。高岡藩の付け火に使ったのであろう」

「と、とんでもない。私はあの日の夜は、み、店にいました」

必死の声だ。顔中に湧いた脂汗。それに涙が混じった。

「その方、なぜ付け火があった日を知っているのか。公にはなっていない出来事だぞ」

正紀が決めつけると、もう声が出なくなった。引き攣った顔で、首を振るだけになった。

「その方は、付け火の仲間だ。岩下と組んで、高岡藩の上屋敷に火を放ったであろう」

「と、とんでもない。わ、私は、やっていない」

「しかし、火の手は上がったぞ」

「で、でも。わ、私はやっていない。そもそも、どうやって、や、屋敷に、し、忍びこむんだ」

この言葉に周りの者たちの動きが止まった。一同は顔を見合わせた。朝吉は、門が焼かれたことを知らないのではないかと感じたのである。

だとすれば、実行には加わっていないことになる。ここから問いかけを山野辺が替わった。

「その方は油は買ったが、火はつけていないわけだな」

「………」

それには答えなかった。

山野辺は、冷ややかな口ぶりになって言った。

「付け火の仲間は、死罪は免れぬ。火あぶりになるぞ」

低い声で脅しを入れた。朝吉は、瘧（おこり）が起きたように震えるばかり。ここで山野辺は、わずかに口調を和らげた。

「しかしな、正直にすべてを話せば、必ずしも死罪にはならぬぞ。主人に命じられて、断ることができなかったのではないか」

「そうだ。高岡藩も、助命を願ってやろう。遠島で済むようにな」

これで朝吉は、覚悟を決めたらしかった。がくりと肩を落とした。すすり泣いている。

「では、すべてを申せ。油を買えと命じたのは、主人の利右衛門だな」

「は、はい。銭は、郁次さんから貰いました。油を舟から下ろした場所は、神田川の土手でした」

そこに置いてから、かねて用意していた肥桶に移した。肥桶は、増上寺（ぞうじょう）の裏手飯倉（いいぐら）界隈を回る汲み取り屋から買い取ったとか。

本所深川あたりで聞き込みをしていたら、捜し出せるわけがなかった。

「肥桶は、私が運びました。お屋敷の少し離れたところに、置いたんです」

藩邸の傍に置けば、怪しまれると踏んでのことだ。

「やったのは、岩下様です。それに園枝家のご家臣一人が、加わりました」

これは樽の置き場所を岩下に教えたときに、気がついた。その場にもう一人いて、園枝家の侍だと顔を見て分かった。

「岩下は、どこに潜んでいるのか」

「深川元町の旅籠、伸兵衛です」

江戸へ戻ってきてから、そこに潜んでいたという。

「宿賃は、誰が払っているのか」

「郁次さんだと思います」

これで、付け火の概要が見えた。さらに、酒樽の崩落についても問い質した。

「相撲取り崩れの破落戸がいると、蜂谷という浪人から聞いて、人を使ってやらせました。園枝家も柴垣屋も、関わらないようにしました」

「よし」

これで岩下を捕らえて自白をさせれば、付け火に関する園枝家と柴垣屋の関与は否定できなくなる。

　朝吉を牢に置いて、正紀を始めとする一同は、深川元町の旅籠仲兵衛に向かった。

　深川元町は、大川に架かる新大橋（しんおおはし）の東橋袂の広場から、東へ六間堀（ろっけんぼり）河岸まで家並みが続いている。北側の通りの向こうは、高い塀の御籾蔵（おもみぐら）があり、南側は摂津（せっつ）尼崎（あまがさき）藩の下屋敷だった。

　旅籠仲兵衛は、目立たない建物だった。人に尋ねて捜し出すことができた。外から見た限り、部屋数も多そうには見えなかった。

　大勢で乗り込めば怪しまれる。正紀と山野辺が、旅籠の敷居を跨いだ。

　山野辺が、現れた番頭に問いかけをした。

「岩下伊作様というお侍は、泊まっていません」

　まずはそういう返答があった。しかし慌てない。宿帳（やどちょう）に本名を記入しているとは思えないからだ。

　泊まり始めた日と侍の年齢、若党という身分などを伝えた。すると該当しそうな宿泊人がいた。平井宏兵衛（ひらいこうべえ）という者だった。

　平井は、付け火の二日前に草鞋を脱いでいた。

「ずっと宿にいたのか」

「いえ。一晩だけ、他所にお泊まりになりました」

その晩が、付け火のあった日だった。間違いないと確信した。

「その侍は、部屋にいるか」

「はい。めったに外出はなさいません」

岩下の顔は、青山と植村が屋敷を探りに行ったときに見ていた。ともあれ、平井とやらの顔を検める。二階の部屋にいるというので、青山を先頭にして足を忍ばせ階段を上がった。

山野辺と植村は下に残した。何かがあったときに動ける形だ。

投宿中の侍が岩下ならば、刀を抜いて歯向かってくるのは間違いない。それを殺さずに捕らえなくてはならなかった。正紀も青山も、刀の鯉口は切っている。斬り合いになれば、怪我をさせる程度は、仕方がないと考えていた。

天気はいいのに、部屋の襖は閉じられている。その前まで行って、二人は顔を見合わせた。

「よし」

正紀が一気に襖を開いた。躊躇うことなく、部屋に躍り込んだ。

「岩下伊作、神妙にいたせ。付け火の罪は重いぞ」

確信を持った声で、正紀は叫んだ。これは下にいる山野辺たちにも、知らせる意味があった。

「わあっ」

部屋にいた二十歳前後の侍は声を上げ、刀掛けの刀に飛びついた。

「こいつは岩下です。間違いありません」

青山が高い声で認めた。

「このやろ」

その間にも、岩下は刀を抜いていた。動きの素早い男だった。青山に対して斬りかかった。

「やっ」

青山は抜いたばかりの刀で、一撃を受けた。一瞬でも遅かったら、二の腕を斬り裂かれたところだった。岩下は休まず、青山の胸に突きを入れた。

無駄のない動きで、聞いていた通りなかなかの遣い手だ。

しかし狭い部屋の中のことだから、その動きが限られる。青山には予想できていたようだ。すっと身を横にずらして、相手の切っ先を外した。刀で小さく撥ね上げた後で、小手を打ちにかかった。

岩下は身を後ろに引いた。まだゆとりがあった。

ここで正紀が前に出て、岩下の肘を狙う一撃を繰り出した。

「うわっ」

さらに岩下は後ろに身を引いたが、それで逃げ場を失った。正紀は前に足を踏み出しながら、刀を突き出した。

こうなると岩下は、反撃できなくなった。だがそれでも、怖れる様子を見せなかった。

部屋の障子のはまった窓に、岩下は身を躍らせた。瞬く間のことだった。

すぐに瓦を鳴らして逃げる音が響いた。

「おのれっ」

正紀も、障子を破って瓦の屋根に飛び降りた。逃げる岩下を追ってゆく。

「屋根を逃げて行くぞ」

叫ぶことで、下にいる山野辺や植村に知らせた。

「待てっ、岩下」

屋根瓦のきしむ音が響く。岩下は身軽だった。旅籠の屋根が尽きると、隣の商家の屋根に飛び移った。抜き身の刀は握ったままだ。刀身が日差しを跳ね返して、きらきら光った。

下の道では、山野辺や植村が駆けている。飛び降りることがあったら、そこで捕らえるつもりだ。

「あれは付け火をした、極悪人だぞ」

山野辺は叫んでいた。

「おおっ、そうか」

聞いた何人かの若い衆も、走り始めた。

屋根を追う正紀も、隣家の屋根に飛び移って追った。背後には青山の屋根瓦を踏む音が続いていた。なかなか距離が縮まらない。

岩下は滑りやすい屋根の上を、平地のように走って行く。

逃げて行くのは、大川の方向だ。いずれ建物は尽きる。地上に降りなければならないときが、すぐにくる。そのときには下にいる山野辺らと、力を合わせればいい。

「待てっ、岩下」

正紀は叫ぶ。

新大橋が、目前に迫ってきた。大川の川面（かわも）が眼前に広がっている。

ついに建物が途切れた。岩下は走ってきた勢いのまま、地べたへ飛び降りた。新大橋の橋袂に向かって駆けて行く。

　そこには老若の人の姿があった。

「ぎゃあっ」

　女の悲鳴が聞こえた。いきなり白刃を握った侍が、必死の形相で現れたのである。恐怖に駆られた者たちが、道を開けた。人波が下で追いかける山野辺たちの邪魔になった。

　正紀も青山も、地に飛び降りて岩下に迫って行く。

　岩下の動きには、鬼気迫るものがあった。刀を振り回し、行く手を妨げる者があれば斬り捨てようという気迫が溢れ出ていた。誰も近寄れない。

　岩下は橋の手前で、土手へ降りる道に出た。下には船着場があった。そこには青物を載せた小型の荷船が止まっていた。

「どけどけ」

　岩下が叫ぶと、怯えた船頭は慌てて船から降りた。それに乗り込んだ岩下は、艫綱(ともづな)を刀で斬ると、艪(ろ)を握った。

　一気に、水面を滑り出たのである。川上に向かって進んでゆく。

　そこへようやく正紀や山野辺が、船着場へ駆け込んだ。周囲を見回す。

「くそっ」

　船着場には、他に舟がなかった。近くを行く舟はいないかと探す。十間ほど先に、材木を運ぶ船があった。

「おおいっ」

　山野辺は、十手を振って呼び止めた。

「賊が逃げた。船を寄せてくれ」

　叫びが聞こえたのか、船が近寄ってきた。材木を積んだ船は、動きが鈍かった。そうこうする間に、岩下の舟はみるみる遠ざかってゆく。

「急げ」

　正紀ら四人が乗り込むと、すぐに材木の船は船着場から離れた。しかし岩下の舟との距離は、離れてゆくばかりだった。

　ついには、姿を見失ってしまった。

「どうする」

　山野辺が正紀に問いかけてきた。せっかくここまで追い詰めて、という落胆がある。しかし焦っても始まらない。

「朝吉だけでも、大番屋へ移そう」

自白があるが、それだけでは足りない。

「岩下と呼びかけられて、侍は逃げた。その場面は、多くの者が目にしているぞ」

「確かにそれは、証拠になるな」

正紀の言葉に、山野辺は答えた。

第五章　泥濘

一

　朝吉を高岡藩下屋敷から大番屋へ移した後、山野辺は北町奉行所へ知らせを出した。高岡藩上屋敷付け火の一味として朝吉を捕らえたこと、またその証言の詳細を伝えたのである。

　藩によって消火はなされたが、付け火の事実は消えない。

　町奉行所では、柴垣屋利右衛門と郁次を大番屋へ連行した。

「いったい、何事でございましょう」

　利右衛門は連行されるにあたって、何の覚えもないと言い張ったが、目はおどおどしていた。出ていった朝吉は戻っていない。

何かがあったとは察していたらしかった。

また町奉行所として、目付にも詳細を伝え調べを依頼した。岩下が屋根を伝って逃亡をしたことは、多くの町の者が見聞きしていた。

旅籠の主人を含めて五人の者から、口書きを取った。他にも目撃者はいて、必要ならばいつでも証言に立たせると告げた。

尋問は、山野辺が行うことになった。高積見廻り方ではあっても、朝吉の捕縛に関わっていた。付け火を受けた高岡藩の世子として、正紀が北町奉行に依頼をした。

山野辺はまず、郁次から問い質しを行った。

「まさか。お大名様のお屋敷に火をつけるなど、あり得ないことでございます」

容疑を告げると、郁次は驚いた様子を見せた。しかしそれは、どこか芝居じみているように山野辺は感じた。当然のように、関与を否定した。大名家への付け火である。ただでは済まないのは分かっているだろう。

そこで朝吉の自白について伝えた。

「畏れ多いことでございます。朝吉のやつ、とんでもないことをしでかしました」

こう言おうと決めていたことを口にしたようだ。怯えた気配はあるが、朝吉一人のせいにして逃げようという魂胆らしかった。

「しかし朝吉は、油の代金をその方から渡されたと言っている。手代のあやつは、四桶分の銭など持っているわけがない」

「さあ、存じません。誰ぞ、他の者からもらったのでございましょう。私から得たなど、とんでもない話でございます」

高岡藩上屋敷の付け火の話は、今初めて耳にしたと付け足した。郁次はやり取りになれたのか、ふてぶてしさも窺えるようになった。証拠は、朝吉の証言だけだと考えたのかもしれない。

「付け火をした岩下だが、深川元町の旅籠伸兵衛に潜んでいた。存じておるな」

「と、とんでもない」

微かに慌てた気配があったが、これも知らぬ存ぜぬで突っぱねるつもりらしかった。

「おかしいな。その方は、付け火をして隠れていた岩下の旅籠代を出したというではないか」

「まさか、そのような銭を出すいわれがございません」

ややむきになった口調だ。そこで旅籠伸兵衛の主人を、尋問部屋へ呼んだ。郁次が白を切ると分かっていたので、すでに呼び寄せて別室に控えさせていた。

「この方から、旅籠代を頂戴いたしました」

仲兵衛の主人は郁次の顔を見て、迷うことなく口にした。

「ううっ」

これでがっくりと首(こうべ)を垂れた。すでに朝吉の証言もある。隠しおおせないと悟ったらしかった。関与を認めた。

「油を運んだのは朝吉で、火をつけたのは岩下様と園枝家のご家来でございます」

利右衛門に命じられたと付け足した。

そこで山野辺は、利右衛門への問い質しを始めた。

「すでに郁次と朝吉は、その方から命じられたことを白状しておるぞ」

「とんでもございません。そのような大それたことを、命じるわけがございません。郁次と朝吉が勝手に企み、私に指図をされたと申しているだけでございます」

利右衛門は、指図したことを認めなかった。付け火を知ったのも、今日のことだと言い張った。

認めれば死罪は免れない。また旅籠代のような、明白な証拠もなかった。郁次よりもしぶとかった。

自白を得るには、手間がかかりそうだった。

一方知らせを受けた目付は、園枝仁之丞と用人色部平之輔への詮議を行った。その模様は、尾張徳川家の息のかかった目付衆から、高岡藩上屋敷に伝えられた。

正紀は朝吉を大番屋へ移した段階で、植村を高岡藩上屋敷へ、青山を尾張徳川家の上屋敷へ走らせ、詳細を伝えておいた。

尾張の屋敷にいた睦群は、報告を得てすぐに宗睦に伝えた。その上で関わりの深い目付衆の一人に、調べの状況を伝えるように指図をしていた。

白河藩にも、この状況は伝えられているはずだった。揉み消しなどの動きがあったら、尾張藩が阻止をする。

また目付による調べが進んだら、尾張藩と高岡藩の上屋敷にその内容が伝えられる段取りもできた。

目付衆から高岡藩に知らせが入ったのは、翌日の昼近くだった。大番屋で尋問を受ける利右衛門は、山野辺の厳しい詮議を受けたが、白状しないままだった。

高岡藩を訪ねてきた目付の使者には、非番で屋敷にいた正国が会った。そして正紀は佐名木と共に、正国から事情を知らされた。

「園枝も色部も、岩下と柴垣屋が図って勝手にやった火付けだとして、関与を認めぬようだ」

「岩下と柴垣屋を、蜥蜴(とかげ)の尻尾のように切ったわけですね」

　正紀は怒りを抑えて言った。

「そういうことだ。園枝家にしてみれば、岩下以外に関与の証拠はない。色部はあの日の夕刻に柴垣屋へ行ったが、物品に関する打ち合わせをし、その後郁次と酒を飲んだと証言している」

　関与の証拠にはならないという話だ。

「しかし岩下が関わっていれば、充分なのでは」

　これは佐名木の疑問だ。

「その岩下だが、園枝家では江戸を出たときに、家中から外したと言っている」

「何と」

　仰天した。天下の旗本が、そこまでやるかという気持ちだ。

「家来ではない。ゆえに関わりはない、というわけですね」

　佐名木は表情を変えずに言った。怒りを抑えているときの顔だ。

「そういうことだ」

「ですがそれは、通らぬでしょう。都合がよすぎまする」

　正紀が食い下がった。

「いや、通る。白河藩の重臣から、直々のお声がかかりがあった」

「おかしいですね。それは尾張藩が抑えるのでは」

　感情的になった正紀の問いかけだが、正国は冷静だった。

「園枝も色部も、関与の証拠はない。しかし園枝は、勘定吟味役は辞することになる。咎めがないわけではない」

「とはいえ……」

　付け火ではないかという気持ちが、正紀にはある。さらに追い詰めるべきではないか。

「園枝家は、老中首座松平定信様の縁戚にあたる家だ。できるのはここまでだ。あの者を勘定吟味役から外すだけでも、こちらとしてはよしとせねばなるまい。向こうには痛手だ」

「定信様が、お指図をなさったのでしょうか」

「そうではなさそうだ。白河藩の重臣の言葉ならば、関与の確たる証拠がない限りは受け入れねばなるまい」

　政治が絡む解決だ。悔しいが、どうにもならなかった。

　正紀は、山野辺が問い質しを続けている大番屋へ行った。正国から聞いた内容を、伝えた。

「なるほど、白河藩の偉いやつが出てきたか。しかしそれでも園枝がお役を外されたのは、尾張藩が後ろにいたからではないか。へたをしたら、柴垣屋だってどうなったか分からないぞ」

話を聞いた山野辺は言った。

言われるまでもなく、一件は政局の中に組み込まれている。

これまで利右衛門は、自身の関与を否定してきた。さすがに商売敵を押しのけて伸びてきた店の主人だと思われた。

山野辺は、聞いた話を踏まえて問い質しを再開する。正紀はその部屋の隅に入って、腰を下ろした。

「園枝家を、今は目付衆が問い質している。園枝家は、その方らが勝手にしたことだと証言しているぞ」

「まさか。私は関わっておりません」

「まことだ。それでな、白河藩が出てきた。園枝家は救うらしいが、柴垣屋については、町奉行所に任せるという話だ」

「ま、まさか」

利右衛門の顔色が青ざめた。白河藩が助けてくれると考えていたようだ。

「天下の老中首座が、一軒の薪炭屋ごときにかまうわけがないではないか。自白はなくても、事は進めるぞ」

山野辺は吐き捨てるように言った。それで利右衛門は慌てた。

「いえ。付け火は、色部様と打ち合わせてのことでございます」

悲痛な声で、利右衛門は言った。事実上、己の関与を認める発言だった。

「なぜ、高岡藩を狙ったのか」

「それこそ、園枝様のお指図でございました。高岡藩のご当主様は、ご老中様がご慰留なさるにもかかわらず、お役目を退こうとした。それが許せないということだと聞いています」

必死になって言い募った。

このやり取りを仁之丞や色部と文書でしていれば証拠になるが、口で話しただけだ。利右衛門の言うことは真実だと思われたが、物証は一つもない。園枝家が認めるとは思えなかった。

それでは白河藩分家の旗本を、柴垣屋の共犯者にすることはできなかった。岩下は逃げたままだ。正紀にしても正国にしても不満はあったが、とりあえずはここで幕引きをしなくてはならないと判断したのである。

二

屋敷に戻って、正紀は京にこれまでの顚末を伝えた。話を聞いた京は、首を傾げた。

「それで、幕引きになるのでしょうか」

「腹立たしいが、そうせざるを得まい」

園枝を追い詰めることができなかった。しかしこれは、高岡藩だけの問題ではなくなっている。

「いえ、こちらの思いではございませぬ」

意外なことを告げられた。京は、園枝の側に立って考えろと言っているらしい。

「どういうことか」

正紀は、話を聞くことにした。

「園枝家は、高岡藩井上家に仕掛けたことのすべてが、不発に終わりました。酒樽の崩落も付け火も。そして疑いの目を向けられ、勘定吟味役のお役目も失います」

「しかし関与は間違いないぞ」

当然の報いではないか、との気持ちで返した。

「それはこちら側の考えです。向こうにしたら、腹立たしい限りではないですか。人は、己がしたことは棚に上げまする」

「ううむ」

言われてみればそうだ。

「園枝家にしてみれば、定信さまの歓心を買うためにしたことが、すべて裏目に出た。挙げ句の果てに、白河藩の重臣のお陰で急場を凌いだ」

「面目が潰れたわけだな」

武士の面目とは、厄介なものだ。

「逃げた岩下にしても、このままでは身が立ちますまい。色部にしても、役割を果たしておりませぬ」

「なるほど、このままで済むかという話だな」

向こうの立場に立ってみれば、京の言うとおりだ。

では何をしてくるのか、見当もつかない。門を狙っての付け火など、予想もつかないことだった。

「逃げた岩下は、どこに身を隠しているのでしょうか。形の上では園枝家の者ではなくなったとしても、それは主家の指図によるものに違いありません」

「それはそうだ。手柄を立てて、白河藩かどこかの分家に潜り込もうという算段はあるだろう」

「姿は見えなくても、こちらを見張っていると考えるべきです」

こういうときの京の口ぶりは、ことさら偉そうに思える。いまだにそういう言い方は気に入らないが、話の中身は正しいと思った。

翌日正紀は、広間に藩士たちを集めた。さらに悪意の企みがないとは限らない。気持ちを引き締めるように命じた。

青山と植村には、岩下が隠れ住んでいた深川元町の旅籠伸兵衛へ行くよう命じた。岩下が潜んでいたのは数日だが、その間の動きに、逃げた先の手がかりがあるかもしれない。

外出はほとんどなかったと聞くが、皆無ではなかった。

「はっ。岩下の行方については、気になっておりました」

青山が答えると、植村も大きく頷いた。取り逃がしたままになっていたことが、心残りだったようだ。

青山は植村と共に、旅籠仲兵衛へ足を向けた。三月も下旬になって、桜はすっかり散っていた。火事騒ぎなどで夢中で過ごしていたから、気にとめるゆとりもなかった。青葉が繁り始めて、陽だまりを歩いていると汗が出てきた。

仲兵衛では、主人から投宿中の岩下について聞いた。障子を壊されたのは余計な出費だったが、それだけで済んだのは幸いだと主人は言った。

「暮らしぶりを詳しく教えてくれ」

青山は問いかけた。

「食事には出かけましたが、それくらいでした。そのときに飲んで帰ることはありました。人が訪ねてきたのは、宿賃を払いに来た郁次さんが一回と、朝吉さんが二回あったくらいです」

外で誰かと会っていれば、それは分からない。ただ目立たないように過ごしていたのは窺えた。

「どこで食事をとったのか」

主人は分からないというので、女中に訊いた。女中は、土佐屋という近くの煮売り酒屋にいる姿を見たと言った。

土佐屋に行った。

「ああ、屋根を伝って逃げたお侍ですね」

界隈では、目立つことをした岩下は知られているようだ。

「うちに来たのは、三回くらいでした。初めはお金がないらしく、一番安いお酒を飲んでいました。でも二回目からは、変わりました」

「ほう。何があったのか」

「最初は、安いお酒を飲んでいたんです。そうしたらお侍に呼び出されて、外へ出ていきました」

「二人で飲んだのではないのか」

「違います。あの人は、すぐに戻ってきて飲み直しました。でも次に頼んだお酒は、いいものでした。煮しめも注文しました。お足を貰ったんだと思いました」

「やって来た侍の顔を覚えているか」

「いいえ、短い間だったんで。でも身なりからして、浪人ではなく主持ちのお侍だと思いました。歳も二十代半ばくらいじゃあないでしょうか」

色部だと思われた。

「柴垣屋だけでなく、やはり園枝家とも繋がっていますね」

話を聞いていた植村が言った。

高岡藩上屋敷にいる正紀のもとに、山野辺の使いが駆けつけてきた。岩下が乗って逃げた、青物を積んだ小型の荷船が見つかったという知らせだった。

「浅草川の東河岸、千本杭（せんぼんぐい）のあたりです」

山野辺は今、そこで聞き込みをしているという。近くの町の者が見つけて、届け出た。

正紀も現場へ出向いた。

千本杭のある土手に、山野辺がいた。川面では大小の荷船が行き来をしている。対岸には、御米蔵（おこめぐら）の建物が並んでいるのが見えた。

岸辺にたくさんの杭が打たれていてその名があるが、その土手に何人かの人の姿があった。その中に山野辺もいた。

「近場の上流のどこかで乗り捨てられた船が、ここまで流されて杭に引っかかったのだろう」

船中には、萎れた菜っ葉がそのままになっていた。

周辺の河岸の道で、岩下らしい者を見かけた者がいないか、手先に聞き込みをさせていた。血相を変えた若い下級侍が走る姿を見た者がいて、山野辺は話を聞いているところだった。

「走って行ったのは、川下の両国橋の方向です」

刀は手にしていなかった。抜き身の刀を手にして伸兵衛の部屋から飛び出したから、鞘は残したままだった。鞘のない刀があれば怪しまれるので、川のどこかで処分したものと思われた。

「ならば、他にも目にした者がいるだろう」

河岸の道を下って行くことにした。人通りは、そう多くない。川に沿ってあるのは、大名家の屋敷だ。

出会った者には、すべて問いかけをした。

「さあ、そういうお侍は見かけませんでしたね」

という答えが返ってくる。日にちと刻限を限った問いかけだ。待っている答えは得られなかった。

そこで千本杭に近い本所横網町へ行った。ここで聞き込みを続けた。十人ほどに尋ねたところで、ようやくそれらしい返事が得られた。浅蜊の振り売りをする、中年の親仁からだ。

「見ましたよ。慌てていた感じで、川辺にある船宿草笛に入りました」

入る前に、一度周囲を見回したとか。

「何かあったら、ここへ来るよう示し合わせていたのであろうか」

船宿に入った後のことは、浅蜊の振り売りには分からない。

正紀と山野辺は、船宿草笛へ行った。仲兵衛のときのように、逃げられてはならない。すぐに飛び込みたい気持ちを、ぐっと抑えた。自身番の書役を使って、おかみを呼び出してもらうことにした。

「目立たぬように、呼び出せよ」

船着場には、山野辺の手先を置いた。

おかみが船宿から姿を見せた。近くの地蔵堂の脇で話を聞いた。

「はい。お侍様ならば、一刻ほど前までいました。でも二十代半ばくらいのお侍様が来て、一緒に出ていきました。払いを済ませたので、もう戻らないと思います」

「そ、そうか」

迎えに来た侍の外見を聞くと、色部と重なった。ほんの少しの差で、逃してしまったことになる。

「組んで、何かをするのではないか」

「うむ。岩下を園枝屋敷には入れまい。どこかに匿（かくま）ってから、色部は屋敷に戻るのだろう」

　園枝屋敷を、再び見張らせることにした。

三

　三月二十四日になった。この日は朝から本降りの雨だった。正国は駕籠に乗って下谷広小路の屋敷を出た。

　奏者番として、最後の登城である。行列の人数は、総勢で十六人。先頭には、騎馬の青山が立った。行列の人数は定められているが、財政難だから人を減らしていた。しかしこれでも、渡り者の中間を雇って通常より人数を水増ししていた。

　供の一同は蓑笠（みのかさ）を着けているが、歩いているうちに濡れた。道は泥濘（ぬかるみ）となって歩きにくい。

　城内に入った正国は、奏者番として最後の役目をこなした。面倒な仕事ではなかった。隠居の旗本四名の取次を、将軍の前で行ったのである。

　老中たちも同席したが、終わると定信はすぐに部屋を出た。役目を終えるにあたっての言葉はなかった。目も合わせなかった。憎むというよりも、関わりがなくなった以上、声がけは無用との認識だと正国は感じた。

もう用はない、という腹か。

他の老中が部屋を出て、最後に残った信明が正国に近づいてきた。

「無事にお役目を果たされ、祝着に存じ上げる」

と言葉をかけられた。ねぎらいの言葉だが、他の老中には聞かれないように注意をしていた。定信に近い、己の立場を踏まえてのことだろう。

それは不満ではなかった。幕閣からは離れるが、信明自身は恨んでいないという気持ちを伝えてきたと受け取った。

「ご丁寧なお言葉、痛み入り申す」

二人で部屋を出て、廊下を歩いた。

「これから、打ち合わせがござる」

「それは、たいへんでござりますな」

「新しい施策について、まだまだ詰めねばならぬことがありまする」

信明はそれ以上、具体的なことは口にしなかったが、棄捐の令に関することだとは予想がついた。

老中が用談に使う部屋の前で別れる。襖が開かれて、部屋の中がちらと見えた。見覚えのある顔が並んでいた。

定信を上座にして、勘定奉行の久世広民と柳生久通、南北町奉行の山村良旺、初鹿野信興といった面々だった。その中には、園枝仁之丞もいた。

園枝は勘定吟味役こそ外されたが、棄捐の令に関する打ち合わせの中には加わっている様子だった。いずれ何かの役に、就くのではないか。

信明が入室すると、襖は閉じられた。

以前は正国も打ち合わせに呼ばれ、意見を求められることもあった。しかし今は、それもなくなった。

蚊帳(かや)の外となったが、それは尾張徳川家も同様だった。

正国は、宗睦の部屋へ行った。最後の役目を終えたことを、報告したのである。

「ご苦労であった」

慰労の言葉だが、これは単に奏者番の任を済ませたことに対してだけではなかった。落ち度なく役から離れることで、尾張一門の立場を鮮明にした。その労に対する宗睦の気持ちが含まれている。

「上様からのお言葉もあったぞ」

公務の場では何も口にしなかったが、宗睦には何か告げたらしい。

「その方の辞任は惜しいと仰せられた。そして潔いと付け足された」

「さようで」

　この言葉は嬉しかった。ただ任務を終えたとしてそれで終わりとする定信とは、明らかに違う。一橋治済に大御所の尊号を認めるかどうかは別にして、情というものは感じた。

「定信様らは、今日も棄捐の令についての話し合いをしているようです」

「なるほど。定信は、何があっても進めるつもりであろう。そこがあの者の強さと弱さだ」

「弱さでございますか」

　意外な思いで訊いた。定信は完璧な理を持って事を決め、強靭になしてゆく。ぶれることはない。そういうものだと感じていた。

「あの者はな、こうと決めたら迷うことなく進める。それは強さだ。しかしな、人の上に立つ者は、あやまちがあったりさらによいものがあったりしたら、改める器量がなくてはならぬ。それこそが強さであり、改めることができぬのは弱さがあるからだ」

「まことに」

「定信は愚か者ではない。棄捐の令のまずい点に気づいているはずだ。しかし動き出した今、あの者には止める強さはない。仮に止めるならば、それに代わる直参の苦境を救う案がなければならぬ」

「それは難しいでしょう」

武家の困窮は、救いがたいところに来ている。特効薬などない。それは直参だけでなく高岡藩でも同様だ。

「それでも、さらなる混乱が見受けられるならば、引かねばならぬ。定信には、それができない」

宗睦は、そこでため息を吐いた。

「尾張へは、何も言ってこないのでしょうな」

「発布するぎりぎりのところでは、何か言ってくるかもしれぬ。しかしそのときには、もう動かしがたいものになっているであろう」

「その折は、いかがなさいますか」

「考えは申す。しかし梃子でも動かぬという態度は取らぬ。それは水戸殿も同じだ」

治保と打ち合わせをしていることを、暗示していた。

「決定するのは、老中松平定信様というわけですね」

「そうだ。腹は決めておるだろう」

わずかに、口元に嗤いを浮かべた。定信を嘲笑ったわけではないが、憐れみが含まれているとは感じた。

「尊号は、どうなるのでしょうか」

これも気になるところだ。

「上様は、治済様に大御所の尊号をつけたいという気持ちは変わっておらぬ」

「お二人の溝は、深まりますな」

「棄捐の令でしくじるからな、定信は後戻りできなくなるだろう。上様を敵に回しては、先が見えてくる」

定信政権は、短命だと言っていた。

「では信明殿は、いかがでしょうか。あのご仁も、先が見えぬとは思えませぬが」

「あれは、したたかだ。定信に近いが、べったりではない。今は立てる形にしているだけだ」

断言するように宗睦は言った。

「では定信様ご退陣の後は」

「後任は、あの者かもしれぬ」

信明に対する口ぶりは、定信に対するものとは違った。

「近く伊豆守殿を招いて、目立たぬ形で茶会を催す。その方も参れ」

宗睦は言った。信明の官位は伊豆守だ。

下城の刻限となった。正国に、感慨がないわけではなかった。大坂定番を経て、将軍に近侍する奏者番に昇進した。一年で退任とは、考えもしなかった。

「しかし次に役目を得て登城するときには……」

それなりの立場になっているはずだった。惜しいとは、考えないようにしていた。

朝からの雨は止まない。下馬所で下城を待っていた家臣たちは、雨に濡れながら迎えた。

正国は駕籠に乗り込んだ。屋敷に向かって、十六人の行列が出立した。歩く経路は決まっている。変更はない。先頭には騎馬の青山が立った。

植村は雨の中、朝から園枝屋敷へ行っていた。いつもと同じ刻限に、主人仁之丞が登城する行列が屋敷を出た。

「はて」

それを見送って、疑問を感じた。ここのところいつも見かける、色部の姿がなかったからだ。行列の姿はもう何度も目にしている。その顔触れが、これまでと違った。いつもならばこれをつけるが、道筋は決まっているので、後回しにした。辻番所の番人に屋敷の様子を尋ねた。

「早朝から、屋敷に変わりはなかったか」

「ええと。そういえば、まだ暗いうちに、二人の侍が出て行ったっけ」

「誰か、分かるか」

「さあ。雨が降っていたから、蓑笠をつけていた。ずうっと見ていたわけではないから、誰かまでは」

一人は色部に違いないと植村は考えた。心の臓が波打っている。行列を追うべきではないと考えた。

高岡藩上屋敷を目指して駆けた。

四

雨は止む気配がない。藩士はずぶ濡れだ。身に着けた蓑笠など、すでに何の用もなさなくなっている。行列の者の足も馬の脚も、泥濘に汚れた。滑りそうになるのを、誰もが気をつけていた。

聞こえるのは雨音と、泥濘を踏む足音ばかりだ。見晴らしもよくない。数間先が、けぶって見えた。

馬上にいる青山は、慎重に周囲を見回した。町行く人の姿は少ないが、厄介事に巻き込まれてはならない。

神田川を越えて、行列は武家地に入った。雨に濡れた土塀が、彼方まで続く。青山はここでも、雨にけぶる道筋に目を凝らした。

「もう少しだぞ」

青山は、近くにいる槍や挟箱(はさみばこ)を持つ中間に声をかけた。すっかり濡れそぼって、唇の色が変わっている。三月下旬とはいえ、長く雨に打たれているから体は冷え切っているはずだった。

それでも行列は崩さない。

ここで青山は、けぶる雨の向こうから、何かの音が近づいてくるのが分かった。耳を澄ますと、ようやく馬蹄の音だと気がついた。

その姿が、けぶる雨の向こうに浮かんだ。風雨を分けて、一頭の馬が駆けてくる。

瞬く間に十間ほどの距離になった。馬上の侍は、顔に布を巻いている。手には弓と矢を持ち、つがえていた。

馬上にあっても、体はぶれない。矢が放たれた。

「ひひん」

風雨を割って飛んできた矢は、青山が乗る馬の前脚に刺さった。驚いた馬は、いななきを上げながら、両の前脚を高く上げた。振り飛ばされそうになった青山は、手綱を握った。

その間にも駆け込んできた、侍を乗せた馬は、正国が乗る駕籠の傍で止まった。時を同じくして、前の四つ角から、ばらばらと十人ほどの覆面をした侍が現れた。身なりはほとんどが、浪人者ふうだ。

皆すでに刀を抜いていた。

襲撃のために、濡れながら待ち伏せていたのだと察せられた。

「おのれっ」

高岡藩の家臣たちも、刀を抜いた。正国の駕籠を守る形で、現れた者たちに対峙(たいじ)した。

駕籠はすぐにもこの場から離れようとしたが、三人の浪人者が立ち塞がった。あらかじめこちらの動きを、読んでいたらしかった。

青山は、暴れる馬から飛び降りた。しかし泥濘に足をとられ体が転がった。

全身泥だらけになったが、それでも刀を抜いた。正国を守らなくてはならない。

まだ立ち上がれないでいる青山めがけて、矢を射た馬上の侍が刀を突き出してきた。

「何の」

その一撃を下から払って、青山は立ち上がった。今度は足を滑らせることはなかった。わずかでも動きが鈍ければ、上からの切っ先が体に突き刺さるところだった。

次の斬撃が落ちてきたが、これも撥ね上げた。そのまま前に出ながら、刀身を横に払った。濡れたたっつけ袴を斬る手応えがあった。

「わあっ」

横で叫び声が聞こえた。挟箱を持った中間が、賊の一人に斬られたのを目の端に捉えた。警固の侍は、藩内でも手練れの者をつけていたが、半分は中間と渡り者の若党である。相手は十人ばかりだ。

渡り者の中には、逃げ出した者もいた。

「たあっ」

賊の一人が、駕籠に刀を突き刺そうとした。覆面の賊が、他の警固の侍に襲いかかっていた。

浪人者だけではない。たっつけ袴の主持ちらしい侍は腕利きらしく、追い払うことができなかった。

槍持ちの中間が、駕籠を突こうとする刀を払い上げた。必死の動きだが、荒事には慣れていない。また軸足がしっかりしていなかったこともあって、泥濘に足をとられた。滑って尻餅をついた隙に、賊は再び駕籠に刀を突き刺そうとした。

これに青山が躍りかかった。

小手を突いたが、かわされた。ただ駕籠を守ることはできた。しかし馬上の侍を捉えることはできなかった。

その馬上の侍が、再び矢をつがえて射ようとしていた。鏃の先は駕籠に向いている。

「ううっ」

青山は呻き声を上げた。そこへ賊の一人が、斬りかかってきた。

正紀は、植村や他に三人の家臣を引き連れて、正国の行列を追っていた。蓑笠を着けているが、皆が濡れそぼっていた。

屋敷にいる正紀のもとへ、園枝屋敷に行った植村が駆け戻ってきた。

「色部が、早朝に屋敷を出ています。何か、あります」

状況を聞いた。岩下の行方も、摑めぬままだった。いつか変事があると確信していたから、いよいよそのときがきたのだと覚悟した。

「やつらは何をするか」

と考えた。

「するとしたら、こちらが一番困ることでしょう」

「ならば、我が殿が討たれることだ」

奏者番として登城した最後の日に討たれては、藩としても武人としても、面目を失うことになる。

「襲うならば、下城の駕籠だな」

植村の他に、残っていた家臣三名を連れて屋敷を出た。出る際には山野辺のもとにも知らせを走らせた。下馬札近くで待機する青山らの姿を目にしたが、五人は近寄らなかった。襲撃者が、どこかで見ているかもしれないという気持ちがあった。

「今度こそ色部や岩下を、捕らえてやる」

皆の決意は、固かった。植村は、丸太を担いだ。植村には、刀よりもこの方が強力な武器になる。

本降りの雨は止まぬまま、下城の刻限となった。正国を乗せた駕籠は、下谷の上屋敷へ向けて出立した。

正紀らは、間を開けて行列をつけた。武家地に入ったところで、疾駆する馬が現れ矢が射られた。脚を射られた馬は棹立ちになったが、さすがに青山は怪我することもなく地上に降り立った。泥濘に転んで衣服を汚したが、降り続く雨が泥を流した。

つけていた五人は、刀を抜いて襲撃の場へ駆けた。

そのとき二の矢が、正国の駕籠を襲おうとしていた。争う警固の藩士たちは目が行かない。青山だけが気づいたらしいが、目の前に敵が現れてどうすることもできない様子だった。

矢が放たれた。

「とうっ」

正紀は飛び込みざま、駕籠の直前で刀を振り下ろした。刀身に手応えがあって、矢は二つに斬られて地べたへ落ちた。

馬上の侍は次の矢を射ようと弓を握り直したが、そうはさせない。駆け寄りながら、腰に差してある小柄（こづか）を投げた。侍はこれを弓の先で弾いて避けた。

しかしその間に、正紀は距離を詰めていた。

「たあっ」

馬上の侍の足をめがけて、一撃を振るった。泥濘でも、足に力をこめた。

しかし敵も、こちらの動きを見ていた。一瞬早く、馬の向こう側に飛び降りていた。

正紀は、馬の鼻の方から回って、下馬して間がない侍に斬りかかった。顔に布を巻いているが、侍は色部だと確信していた。

色部ならば生かしたまま捕らえなくてはならない。

しかし向こうも正紀の動きを察知していて、身構えていた。抜いたばかりの刀で、正紀の一撃を払い上げた。そのまま切っ先は回転して、正紀の肩先を狙って振り下ろされた。

正紀は後ろに跳んで、一撃を躱した。切っ先が、目の先一寸ほどのところを行き過ぎた。

「よし」

勢いがついていた相手の剣は、すぐには止まらない。その動きを、正紀はよく見ていた。

こちらの剣が、向こうの肘をめがけて飛び出した。

捉えたと思ったが、目の前にあった侍の体が、雨の中に消えた。そして次の瞬間、正紀の二の腕を目指して刀の切っ先が飛んできた。

察した正紀は、今度は馬がいる横に跳んだ。さらに弾みをつけて、後ろへ身をやった。

かわしたはずの敵の切っ先が、勢いをつけたまま迫ってきた。確かな剣の動きだ。しかしこのままでは、横にいる馬を傷つけることになる。気づいたのか、動きが鈍った。

その隙を正紀は逃さない。

「とう」

刀を、相手の小手めがけて振り下ろした。敵は腕を引いたが、こちらの方が寸刻速かった。

ざっくりと肉を裁つ感触を、刀身が伝えてきた。

「わあっ」

骨をも砕く深手だ。相手の刀が、雨の中に飛んだ。片膝ついたところに飛び掛かって、顔の布を剝ぎ取った。

「色部でございますぞ」

丸太を振るっていた植村が叫んだ。色部は、槍持ちの中間に任せた。

新たに五人の助っ人が現れて、状況が変わっていた。賊の数が減っていた。何人かの浪人者は、逃げ出したらしかった。そして遅れて駆けつけた山野辺は、もう一人の主持ちらしい侍を斬った。園枝家の家臣に違いなかった。

「ううっ」

と呻いて、侍は前のめりに倒れた。

するとここで、主のいなくなった馬に敵の侍が跨った。侍が馬腹を蹴ると、馬は泥濘を跳ね散らして走り始めた。

「おのれっ」

逃がすわけにはいかない。正紀は泥濘に落ちていた弓と矢を拾い上げた。素早くつがえると、矢を放った。

雨の中、びゅうと飛んだ矢は、逃げる馬の尻に刺さった。

「ひひん」

馬は前足立った。勢いがついたばかりだったからか、馬体が激しく揺れた。馬上にあった侍の体は宙を飛んで、泥濘に落ちた。

追いかけてこの侍に躍りかかり、顔の布を剝ぎ取ったのは青山だった。

「こやつは、岩下でござる」

と叫んだ。

山野辺が斬った侍は、重傷だ。布を剝ぐと、園枝家の家臣だとはっきりした。いつも登城の行列の中にいた侍だ。

その他に、怪我をした浪人と逃げ損ねた浪人合わせて四人を捕らえた。大名行列を襲った者たちである。言い訳はきかない。目付の屋敷に運んだ。

この屋敷には、すでに正紀が手を回していた。襲撃は間違いないと踏んでいたから、捕らえてからどうするかを打ち合わせていたのである。

正国を乗せた駕籠は、行列を整えて屋敷へ戻った。怪我をした藩士たちは、辻駕籠を呼んで乗せ、屋敷へ運んだ。

岩下は園枝家を出た者と強弁できても、他の二人はそうはいかない。まして色部は、用人という地位にいた。

「これで園枝家も、ただでは済まないぞ」

山野辺が言った。

五

雨中の襲撃があった三日後、空は晴天で、庭の青葉は色を濃くしていた。尾張徳川家から兄の睦群が、高岡藩上屋敷を訪ねてきた。正紀と正国、それに佐名木が対面した。

目付による園枝家への調べの結果を、知らせてきたのである。一同、心待ちにしていた。

「色部は何を問われても、己の一存にて、というだけで他のことは白状しなかったとか」

まずはそう切り出した。

「園枝家とその向こうにある白河藩や定信様を、守ろうとしたのであろうな」

話を聞いた正国が言った。

「問い質す方も、自らの罪状を認めた以上、さらなる調べはなされなかった模様でございまする」

睦群は不満げな口調で言った。

「園枝家は老中に近い家系の者ゆえ、忖度があったのであろう」

「ありそうな話でございますな」

　正国の言葉に、佐名木が応じた。

「そして園枝仁之丞は、事が明らかになった時点で腹を切った」

「………」

　一同は言葉を呑んだが、驚いたわけではなかった。これもありそうな話だ。家臣が大名行列を襲ったのである。知らなかったでは済まない。

「定信様に累が及ぶことを、避けたわけですね」

「そういうことだ」

　正紀の問いを、睦群が受けた。ため息交じりになって、さらに続けた。

「色部も、同じ日に腹を切っているぞ」

「拘束されていたのでは」

「目付屋敷の牢に、何者かが懐剣を入れたのだ」

「うむ。やつらのすることらしい」

「これで襲撃の真相が、闇に葬られました」

「明らかにしないことで、定信様にとばっちりが行かぬようにしたのであろう」

睦群が返した。曖昧なまま、証言をする者がいなくなる。政がなされてゆく中で、珍しいこととはいえない。

「定信様は大事の前ゆえ、身辺に厄介事があってはならぬ」

早急に片付けたのだろうと、正国は付け足した。

岩下は、色部に命じられたと自白した。事を成し遂げた後は、役目を重くしてやると告げられていたそうな。ただここまで来たら、岩下の存在は重要ではなくなった。しょせん小者である。

定信は岩下の名など、聞いてもいなかったのではないか。

睦群の話では、園枝と色部の遺児は、白河藩に引き取られたとか。いずれ何かの折に、生きる道が与えられるのだろう。

「ここでも白河藩の重臣が動いたわけですね」

おさまり切らない気持ちはあったが、受け入れるしかなかった。そこで正紀は、胸に浮かんだ疑問を口にした。

「定信様は、この件についてはどのように感じておいでなのでしょうか」

「それは知らぬ。ただ棄捐の令については、事を進めるご決意だ。園枝に代わる新たな要員を、側近の中から加えた」

こうと決めたことを、とことん進めて行く強さ。正紀は睦群の言葉を聞いて、定信のことを考えた。

「尊号についてはどうか」

「引かぬようです」

「なるほど。執念は見上げたものだ」

睦群の答えに、正国は冷ややかに言った。

「まことに」

大きく頷いて、睦群は返した。

睦群が引き上げた後、正紀は京に事の次第を伝えた。

「園枝さまは、定信さまに尾張をお仲間につけようとして、しくじったわけですね」

話を聞き終えた京は、ぼそりと口にした。

「そういうことだ。最後は駕籠の襲撃で墓穴を掘ることになった」

「哀れな気がいたします」

「ほう」

思いがけない言葉を聞いた気がした。何を言いたいのか……。

「焦ったのでございましょう。園枝さまは定信さまの危うさを、誰よりも強く感じていたのかもしれません」

「だから尾張を味方にしようとしたわけだな」

京らしい考え方だが、その通りかもしれないと正紀は思った。ならば園枝は、家臣ではないが、定信にとっては忠臣といっていい存在だったことになる。

「二つの尊号は、認められないわけですね」

「そうなるだろう」

家斉も定信も、引くことはない。ただ決めるのは、老中首座だ。これには尾張も水戸も、関わらない。

「秋に発せられる棄捐の令は、どのようなものになるのでしょうか」

確かなのは、定信が執念をもってやり遂げるだろうということだけだ。

「はっきりしたことは、発せられるまでわかるまい」

京の問いには、答えようがなかった。

本作品は書き下ろしです。

双葉文庫

ち-01-41

おれは一万石（いちまんごく）

訣別（けつべつ）の旗幟（はた）

2020年7月19日　第1刷発行

【著者】
千野隆司（ちのたかし）

【発行者】
箕浦克史
【発行所】
株式会社双葉社
〒162-8540 東京都新宿区東五軒町3番28号
［電話］03-5261-4818（営業）　03-5261-4840（編集）
www.futabasha.co.jp（双葉社の書籍・コミックが買えます）
【印刷所】
大日本印刷株式会社
【製本所】
大日本印刷株式会社
【カバー印刷】
株式会社久栄社
【DTP】
株式会社ビーワークス

【フォーマット・デザイン】
日下潤一

ISBN978-4-575-67010-3 C0193
Printed in Japan